A OBSESSÃO DO BILIONÁRIO

Chloe

J. S. SCOTT

Bilionário Sem Limites
A Obsessão do Bilionário - Chloe

Artista da capa: lorijacksondesign.com

ISBN: 979-8-692979-28-5 (versão impressa)
ISBN: 978-1-951102-39-5 (versão eletrônica)

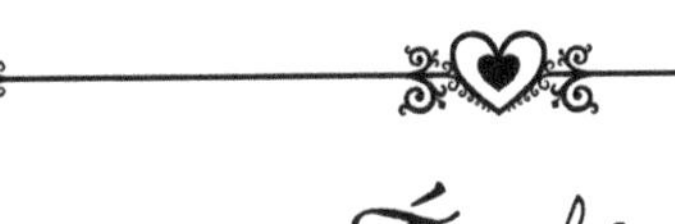

Índice

Prólogo

Última Noite de Ano Novo...

Chloe Colter odiava festas.

Ela não estava em uma casa cheia de estranhos naquela celebração em particular do Ano Novo, eram principalmente familiares e amigos de Rocky Springs, a cidade em que ela crescera. Ainda assim, ela se sentia desconfortável com tantas pessoas no mesmo lugar e sua confiança desaparecera quando o noivo, James, dissera que o vestido preto que escolhera para o evento não combinava com a silhueta cheia de curvas. Na verdade, ele não fora *tão* gentil. Ele fora bem direto, dissera que o vestido fazia com que parecesse gorda e que deveria trocar de roupa.

Não fora exatamente por desafio que ela ignorara a sugestão dele e continuara com o vestido. Era porque, sinceramente, aquele era o único vestido decente que ela tinha que cabia nas curvas abundantes. E ela o comprara especificamente para a festa na casa da mãe. Como ela não participava de muitas reuniões sociais, seu armário tinha, em sua maioria, calças *jeans* confortáveis, camisetas e blusões. Como veterinária, que passava a maior parte do tempo com animais, as roupas casuais eram as mais adequadas.

No início da noite, ela se sentira razoavelmente bem sobre ir à festa de Ano Novo, antes dos comentários desagradáveis de James. A maioria das festas sofisticadas a fazia sentir entediada ou intimidada, apesar de ser bilionária e tais eventos serem parte desse tipo de vida. Mas aquela celebração era diferente. Não era com frequência que a família inteira se reunia no mesmo lugar e ela conhecia a maior das pessoas presentes. Mas o comentário de James a deixara inquieta e trouxera lembranças ruins dos anos de escola, durante os quais ela nunca se encaixara.

Eu provavelmente pareço gorda. Deveria ter escolhido um vestido mais longo para esconder minhas pernas. E este vestido talvez esteja um pouco apertado.

Ela escapou para a cozinha quando a comida e as bebidas começaram a ser servidas, aliviada ao encontrá-la vazia. Chloe precisava de um minuto para lamber as feridas e recuperar-se da declaração dura de James sobre a roupa. Respirando fundo, ela tentou não puxar o vestido para baixo para que parecesse mais longo, desejando desesperadamente que ele cobrisse os joelhos, em vez de terminar na metade das coxas.

Por que comprei este vestido idiota?

Quando ela experimentara o vestido, sua melhor amiga, Ellie, gritara de alegria, dizendo a Chloe como a roupa era fantasticamente *sexy*. Ela cedera e comprara o vestido depois que Ellie lhe dissera que fora feito para ela. A amiga passara mais de meia hora convencendo Chloe de que o vestido a favorecia.

Pelo jeito, Ellie estivera errada.

James odiara o vestido, dizendo que ela precisava cobrir o corpo o máximo possível e não usar nada muito justo que a fizesse parecer mais gorda. Infelizmente, ela não tivera mais nada para vestir. Ela *ganhara* um pouco de peso desde que terminara a faculdade de veterinária e nada mais cabia, exceto as roupas casuais que comprara desde que voltara para casa. Apesar do regime de exercícios físicos e esteira que ela começara algumas semanas antes, não conseguira perder os quilos extras.

Eu gosto demais de comer!

As bebidas com muita proteína e poucas calorias que ela esperara que ajudassem na dieta faziam com que engasgasse e as refeições deliciosas que a mãe fazia todos os dias eram quase irresistíveis. Infelizmente, a mãe dela também era uma excelente doceira e Chloe nunca vira uma torta ou um biscoito de que não gostasse.

Com um longo suspiro, Chloe parou de puxar o tecido frágil do vestido e encostou-se no balcão da cozinha, perguntando-se se morar com a mãe antes do casamento com James era uma boa ideia. Mas ela sentira tanta falta da mãe durante a década de estudos para se tornar veterinária e Chloe ainda não achava que elas tinham botado tudo em dia depois de ficarem longe uma da outra por tanto tempo.

Lutar contra o peso não era uma novidade para Chloe. Ela fora gorducha na época da escola e só depois de formar e conhecer James no verão antes de partir para a universidade que realmente *tivera* um namorado.

Ela não fora convidada para o baile de formatura, raramente ia a festas da escola e passara a maior parte do tempo com Ellie e seus animais durante o segundo grau. Sinceramente, ela não achava que os anos da adolescência tinham sido *ruins*. Sendo gorducha e desajeitada, ela só ficava mais contente passando a maior parte do tempo com os animais, em vez de com os humanos.

Chloe fora a garota de que os rapazes não se importavam de ser amigos, mas nenhum deles tivera interesse romântico nela. James tivera e, para uma garota que mal saíra da escola e estava prestes a entrar na universidade, a atenção de um homem quatro anos mais velho fora lisonjeiro. Lembrando daquela época, Chloe se lembrava de como James fora doce durante os primeiros anos. Chloe se perguntou se ele realmente fora tão gentil ou se ela só se sentira lisonjeada e atraída por ele por ser o primeiro homem a lhe dar uma atenção romântica.

Ela perdera peso durante a universidade de veterinária, pois a agenda ocupada a permitira se livrar de alguns quilos por deixar muito pouco tempo para comer. Talvez ela ainda tivesse muitas curvas pelos padrões atuais da mulher ideal, mas, durante aquele tempo, nunca pensara no peso. Os únicos momentos em que as inseguranças voltavam eram nos fins de semana quando encontrara James.

Chloe endireitou o corpo ao ver uma bandeja extra de doces sobre a mesa da cozinha.

Não vou comer. Não vou comer. Vou sair da cozinha e procurar James.

Ela não vira o noivo desde que ele chegara e dissera-lhe que trocasse de roupa. Provavelmente ele estava andando entre os convidados, vendo se conseguia mais pacientes. Como Rocky Springs tinha um grupo muito bem estabelecido de médicos que praticavam na cidade havia anos, James precisara convencer os moradores a mudarem de médico. Ele fora convidado a participar do grupo local de médicos, mas recusara-se veementemente, querendo começar o próprio consultório.

Chloe apoiara o sonho de James, tanto emocional como financeiramente, ajudando-o a montar o consultório. Ainda assim, ele não parecia feliz e, com frequência, agia como se estivesse estressado e infeliz. Depois de ter admitido que não se sentia organizado, ela convencera Ellie a desistir do emprego para ser gerente do consultório de James. A amiga começaria o novo emprego na semana seguinte.

Talvez isso ajude James a sentir menos pressão. Talvez então ele seja uma pessoa mais simpática. Ellie é brilhante. Ela o ajudará a se organizar. Só preciso ser mais paciente.

Chloe ponderou se fora ela ou James quem mudara desde que voltara para Rocky Springs. Eles passaram o verão inteiro juntos antes de ela partir para a universidade e o tempo livre durante os anos de estudo. Ele a pedira em casamento depois do segundo ano na universidade e ela aceitara feliz, convencida de que nenhum outro homem a amaria como James amava. Ela ficara muito feliz na época, mas as coisas tinham ficado tensas desde que ela voltara para casa e eles começaram a passar mais tempo juntos.

As coisas vão melhorar. Ainda estou tentando encontrar meu lugar profissional em Rocky Springs e a prática de James é lenta e desorganizada. É normal que ele esteja estressado agora.

Chloe só queria que as palavras rudes sobre o vestido deixá-la gorda não estivessem flutuando em sua cabeça.

Ela se sentou à mesa da cozinha e pegou um doce de chocolate de aparência deliciosa sem pensar conscientemente. Ela deu uma mordida grande ao considerar como o relacionamento deles parecia diferente agora que finalmente estavam de volta à cidade. James a perturbara sobre o peso desde que ela voltara, o que ficara pior a cada quilo que engordava. A desculpa era sempre de que não era bom para a imagem dele como médico ter uma noiva gorda.

Chloe terminou o doce antes mesmo de perceber que estava comendo.

— Merda! — xingou ela em voz alta, limpando os dedos sujos de chocolate em um guardanapo. *É difícil se livrar de antigos hábitos.* Ela não estava acostumada a vigiar tudo o que botava na boca.

Se James a pegasse com chocolate, as consequências que viriam pelo doce que acabara de comer não seriam boas.

Chloe esfregou as manchas com mais força, com o coração batendo mais depressa ao pensar em James encontrando-a naquele momento.

Preciso me livrar das provas!

— É só chocolate, é fácil de lavar. — O sotaque preguiçoso do Texas soou da entrada da cozinha, assustando-a tanto que ela soltou um grito.

Não era James, graças a Deus. Na verdade, era uma voz que ela reconhecia muito bem.

Gabriel Walker!

Chloe olhou na direção da voz masculina que sempre a fazia estremecer. Gabe Walker tinha a voz mais *sexy* do planeta. O tom barítono, juntamente com o sotaque texano, sempre causava um arrepio em sua espinha. A bondade inerente nos belos olhos verdes também a atraíam.

Por que ele tem que ser tão bonito? É muito injusto que ele seja tão lindo e tão simpático.

Ela o conhecera desde a infância, mas só o *notara* depois de voltar para Rocky Springs. Ele crescera no Texas, mas o pai de Gabe fora muito amigo do pai de Chloe e eles passavam os verões em Rocky Springs. Gabe e o irmão dela, Blake, se tornaram melhores amigos. Depois que os pais de Gabe faleceram, ele vendera a maior parte do patrimônio do pai e mudara-se para Rocky Springs. Ele tinha um rancho de cavalos fora da cidade e Chloe tinha que admitir que criava alguns animais incríveis, cavalos que ela adoraria ter como pacientes de quatro patas. Ela estava familiarizada com alguns dos cavalos que ele adquirira e eram equinos maravilhosos.

O Caubói Bilionário.

Algumas vezes, as pessoas criticavam Gabe por ter desistido do negócio de petróleo para se mudar para o Colorado e criar cavalos em uma pequena comunidade nas montanhas. Sinceramente, as pessoas podiam dizer o que quisessem sobre a falta de interesse dele em coisas que lhe dariam muito mais dinheiro. Pessoalmente, Chloe o admirava. Gabe não precisava fazer absolutamente nada na vida porque já era rico, ainda mais rico do que ela, mas escolheu fazer o que queria e tinha uma excelente reputação como criador e treinador de cavalos. Ele era simplesmente um homem muito rico que não se importava de se sujar para fazer exatamente o que amava.

— Não estou chateada por causa das manchas — admitiu Chloe ao se levantar e ir até a pia para lavar as mãos.

Só estou com medo que James descubra que eu estava comendo chocolate.

— O que a deixou chateada então, querida? — perguntou ele curioso, aproximando-se lentamente dela.

Ele chegou perto, tão perto que ela conseguiu sentir o hálito de uísque dele em sua têmpora.

— Eu não deveria ter comido aquele doce. Aposto como tinha um milhão de calorias — respondeu ela infeliz ao secar as mãos com uma toalha de papel, tentando não reagir ao calor que irradiava do corpo dele.

Gabe era tão grande, alto e musculoso que quase a fazia parecer pequena. Ele provavelmente tinha os ombros mais largos que ela já vira e uma atitude de que não havia nada com que não conseguisse lidar. Gabe emitia uma sensação de estar confortável em ser exatamente como era, o que impressionava Chloe mais do que qualquer outra coisa.

Será que ele tem medo de alguma coisa?

— Você não precisa se preocupar com isso — respondeu Gabe com voz rouca. — Você é perfeita.

Chloe se virou, arregalando os olhos ao encarar os olhos cor de esmeralda de Gabe. Ela prendeu a respiração ao estudá-lo, vendo que sua expressão era de completa sinceridade. Ele estava sem o chapéu de caubói que sempre usava e vestia um terno cinza feito sob medida deslumbrante. Como sempre, os cabelos castanhos curtos estavam despenteados apenas o suficiente para que ela se perguntasse se era *assim* que ele parecia quando saía da cama. Em Gabe, aquela aparência era incrivelmente sedutora e sensual.

— Sou gorda — retrucou ela abruptamente. — Aquele doce era a última coisa que eu precisava comer. — Chloe conhecia Gabe desde a infância e não viu motivo para não ser direta.

Gabe deu um passo atrás, estudando-a abertamente da cabeça aos pés, com os olhos devorando-a de uma forma que deixou Chloe quente e muito desconfortável.

Ele balançou a cabeça negativamente quando seu olhar finalmente encontrou o dela. — Você é linda — disse ele finalmente. — Não vejo uma única coisa errada.

Os olhos de Chloe ficaram úmidos com o elogio, mas era óbvio que ele estivera bebendo... talvez um pouco demais. Ainda assim, era bom ouvir um homem dizer um elogio, para variar, mesmo que *fosse* um cara bêbado. — Você está bêbado — disse ela, revirando os olhos ao tentar se afastar do calor sedutor do corpo dele.

Gabe reagiu depressa para um homem ligeiramente bêbado, prendendo o corpo dela contra o balcão ao colocar as mãos na superfície de granito perto de seus quadris. — *Ele* disse isso a você? — A voz dele estava irritada.

Chloe sabia exatamente de quem Gabe estava falando. Ele nunca gostara de James e não perdia a oportunidade de comentar como o noivo dela era escroto.

Ela respondeu calmamente: — Sim, e ele tem razão. Preciso perder um pouco de peso. Eu não deveria ter comprado este vestido. Provavelmente não é adequado para uma mulher com um corpo como o meu.

Ela ficou tensa quando Gabe eliminou a distância entre eles, pressionando o corpo musculoso contra o dela. Ela prendeu a respiração quando Gabe ergueu a mão para levantar seu queixo para que olhasse para ele.

— Não deixe que nenhum homem lhe diga que você não é perfeita. Talvez você *não devesse* ter comprado esse vestido, mas só porque qualquer homem que a vir vestida assim certamente ficará de pau duro — disse Gabe, correndo o dedo ao longo da bochecha dela.

— James não — respondeu ela sem fôlego, hipnotizada pelo desejo ardente que viu nos olhos dele.

— Ele é um idiota, sempre foi — respondeu Gabe, com a raiva brilhando nos olhos. — Não se case com ele, Chloe. Se ele não consegue apreciar o que tem e ser muito grato por ter *você*, livre-se dele.

— Eu o amo — respondeu ela automaticamente.

— Não, não ama, querida — retrucou ele.

— Amo sim — disse ela na defensiva. — Estamos noivos há anos.

— Não vejo um anel no seu dedo e o tempo não tem nada a ver com a forma como um homem trata uma mulher. Como ele não se deu ao trabalho de oficializar o noivado, não me sentirei culpado por fazer isso — resmungou Gabe.

Chloe não teve tempo de reagir antes que a boca de Gabe capturasse a sua. Chocada, ela ficou imóvel, esperando uma sensação de repulsa que nunca surgiu.

Apesar do fato de Gabe estar obviamente bêbado e irritado, ele devorou a boca de Chloe com cuidado. Lentamente. Completamente. Ele não teve pressa para convencê-la a aceitar o abraço ao explorar seus lábios, invadindo sua boca com a língua.

Atordoada pela onda de calor que fluiu pelo corpo, Chloe passou os braços em volta do pescoço dele, saboreando cada movimento da boca dele, sentindo o sabor estranhamente sedutor de uísque e chocolate quando as bocas se uniram completamente.

Todos os pensamentos sumiram do cérebro dela exceto a sedução doce de Gabe. O corpo dela respondeu de forma natural e automática, como se o abraço ardente dele fosse a única coisa que existia no mundo naquele momento.

Ele provocou.

Ele excitou.

Ele dominou.

O beijo dele controlou todos os sentidos de Chloe, que se perdeu nele, sem saber que uma simples carícia da boca podia ser tão sensual e consumidora.

Ela enfiou os dedos nos cabelos dele, gemendo contra sua boca ao senti-los entre os dedos, adorando a sensação. De Gabe.

Quando ele finalmente ergueu a cabeça, Chloe estava sem ar. — Ai, meu Deus — gemeu ela, entrando em pânico ao perceber o que realmente estava acontecendo.

Ela estava se esfregando em um homem que estava bêbado. Um homem que não era seu noivo! Chloe estava longe de estar bêbada, pois parara depois de um copo. Ela deveria ter se afastado dele, mas não soubera como resistir à vontade de ficar ainda mais perto.

— Você sabe o que acabou de acontecer, Chloe? — perguntou Gabe com a boca perto de seu pescoço.

Empurrando o peito dele, ela tentou criar uma certa distância entre os dois. — Sim. E eu me odeio neste momento — respondeu ela com a voz confusa. O corpo dela ainda vibrava com as sensações que Gabe despertara com apenas um beijo.

Ele deu um passo atrás, deixando que ela fugisse. — Não faça isso — pediu ele. — Parece que você faz isso sem um bom motivo.

— Estou noiva — disse ela com desgosto, ainda tentando recuperar o fôlego ao andar até o outro lado da cozinha.

— Parece que talvez seja melhor reconsiderar isso — respondeu Gabe com a voz rouca. — Uma mulher realmente apaixonada não responderia a outro homem desse jeito. *Você* nunca faria isso.

Chloe sentiu o rosto corar, sabendo que ele tinha razão. Ela o deixara beijá-la, sem vergonha alguma, quando estava noiva de outro homem. — Foi um erro. Você bebeu demais e eu estava chateada. — Ela não sabia ao certo como justificar suas ações, mas precisava tentar. Ela nunca beijara nenhum outro homem além de James e não era o tipo de mulher que se oferecia.

Ela ouviu gritos pela casa inteira, sabendo que o relógio devia ter marcado meia-noite sem que percebesse.

— Se você se sente melhor pensando assim, vá em frente. Pense o que quiser, mas não foi erro nenhum para mim. Acho que você sabe a verdade — respondeu ele em tom grave. — Feliz Ano Novo, Chloe. — Gabe acenou com a cabeça na direção dela, virou-se e foi embora.

Chloe se jogou em uma cadeira, observando-o até que desaparecesse a caminho da sala de estar onde acontecia a festa.

Ainda tentando entender o que acabara de acontecer, ela sussurrou automaticamente: — Feliz Ano Novo, Gabe.

Ela perdeu a conta do tempo em que ficou na cozinha até finalmente voltar para a festa.

Dois dias depois, Chloe estava sentada à frente do computador, com o corpo rígido de medo ao olhar para a tela preta sobre a mesa.

Disque o número. Comece a sessão.

Ela finalmente confessara para a cunhada, Lara, exatamente o que estava acontecendo com James. Lara era ex-agente do FBI que largara o emprego para voltar a estudar e tirar o diploma em psicologia. Como Ellie fora embora, Chloe não soubera a quem recorrer e falar com a mãe sobre os problemas estava fora de questão. Depois de uma longa conversa com Lara, a esposa de Tate dera a Chloe o número de telefone para agendar uma consulta com uma das maiores especialistas do mundo em violência doméstica.

A psicóloga, dra. Natalie Townson, morava na Inglaterra e a consulta seria pela internet.

Está na hora. Ligue o computador.

Ai, meu Deus, ela realmente faria aquilo?

Não estou pronta. Não estou pronta.

Ela não sabia se conseguiria falar com uma mulher que não conhecia sobre sua vida pessoal com James.

Entretanto, ela imaginou o rosto de Gabe, a forma como ele a tocara duas noites antes. Ela pensou em Lara e na expressão de puro horror quando Chloe descreveu algumas das coisas que a incomodavam sobre James. Os dois a tinham oferecido formas diferentes de tentativas de ajuda. Ela podia estar irritada e envergonhada com a reação que tivera a Gabe, mas o beijo dele fora uma experiência de aprendizado.

Não fará mal algum tentar, Chloe. Ande logo.

Antes que pudesse mudar de ideia, ela ligou o computador e seguiu as instruções para se conectar à dra. Townson. O rosto da mulher apareceu quase imediatamente, como se estivesse esperando Chloe.

— Olá, Chloe. Está pronta para começar a sessão? Espero poder ajudar a melhorar as coisas para você.

A mulher era linda, com cabelos castanhos na altura dos ombros e os olhos mais gentis que Chloe já vira. Ela tinha um sotaque britânico melodioso adorável, que foi um alento para os ouvidos de Chloe. — Estou nervosa, dra. Townson — disse ela apressadamente.

— É normal. Mas você é muito corajosa. Por favor, chame-me de Natalie. Posso usar seu primeiro nome, Chloe?

Ela não tinha certeza se Natalie sugerira aquilo por ambas serem doutoras nas respectivas áreas, mas ficou aliviada de poder tratar a mulher de maneira menos formal.

— Sim. — Chloe assentiu lentamente.

— Ótimo. — O sorriso de Natalie ficou mais largo.

— Não sei se preciso disto, nem sei se estou pronta, mas quero tentar. — Chloe olhou para a tela do computador e encontrou o olhar cheio de compaixão da outra mulher, percebendo que Natalie sabia exatamente como ela se sentia.

— Bem, então, querer tentar é a parte mais importante. Discutiremos o restante à medida que avançarmos, ok? — sugeriu Natalie.

Chloe se endireitou na cadeira, dando um sorriso fraco a Natalie. — Ok.

Talvez ela não estivesse pronta, mas provavelmente ninguém nunca estava. Havia algo errado e Chloe estava determinada a descobrir exatamente o que era e como poderia curar as feridas em sua alma.

O corpo dela relaxou lentamente quando ela se abriu e deixou que a primeira sessão começasse.

O Presente...

— Chloe, por favor, diga-me que não está ainda considerando seriamente se casar com James — pediu Lara Colter à cunhada enquanto as duas secavam os cabelos no vestiário do *resort* em Rocky Springs. Havia alguns meses que Lara ensinava autodefesa a Chloe todas as manhãs. Fazer exercícios e tomar banho no *resort* se tornara parte da rotina matinal das duas.

Chloe olhou para ela, uma mulher que se tornara mentora e amiga desde que Lara se casara com Tate. — Adiei o casamento porque Ellie desapareceu.

Apesar de Chloe estar consultando-se com Natalie havia meses, desde o início do ano, e de saber que não se casaria com James, ela não se apressara em cancelar definitivamente o casamento.

— Cancele. Você sabe que não pode se casar com ele. Ele não ama você, Chloe. E você não o ama — disse Lara em tom suplicante e preocupado.

O que Lara dizia era verdade. Chloe sabia disso desde que Gabe a beijara meses antes. Natalie a forçara a ver a verdade. Chloe passara um tempo em negação, mas, bem no fundo, *sabia* a verdade. James se tornara cada vez mais cruel, mas ainda estava determinado a vê-los como marido e mulher. Se ele a feria, voltava arrependido, alegando estar estressado. A isso se seguia um breve período de harmonia e tudo começava de novo. Ela não sabia quanto tempo conseguiria ficar naquela montanha-russa sem cair dela.

Ela precisara de tempo para organizar a mente e evitara o máximo possível entrar em conflitos com ele. Infelizmente, ele ainda insistia no casamento... algo que Chloe sabia que nunca aconteceria. Ela só não encontrara forças para dizer a ele... até recentemente. Ela demorara meses para finalmente entender que as coisas com James nunca mudariam.

— Não sei o que fazer — admitiu ela pela primeira vez. — As coisas ficam bem por algum tempo até que ele simplesmente... muda. — Não que fosse algo muito bom, mas havia períodos ocasionais de paz. No entanto, esses momentos aconteciam com frequência cada vez menor. Ela sabia que precisava cortar relações com ele completamente. James tentava cada vez mais controlá-la.

— É o ciclo do abuso, Chloe. É clássico. Tenho certeza de que Natalie explicou isso a você. Quer mesmo passar a vida inteira com esse homem? — perguntou Lara em tom direto enquanto penteava os cabelos.

— Ele foi a única coisa que conheci — respondeu Chloe ao guardar a escova de cabelos na mochila. — Não tenho nada com que comparar nosso relacionamento.

A falta de experiência dela fora um dos motivos para ter demorado tanto para colocar as ideias em ordem. Era difícil entender o que era "normal" quando nunca tivera isso em um relacionamento íntimo.

A expressão de Lara ficou mais suave. — Eu sei. Você não tem nada com que compará-lo. Mas acredite quando digo que seu relacionamento não é *normal* nem *saudável*. Você precisa de alguém que a adore. Você merece isso.

Desde que a cunhada voltara a estudar psicologia e envolvera-se pesadamente na organização de caridade para mulheres abusadas que a família apoiava, ela conversava com Chloe todos os dias sobre os sinais de abuso no seu relacionamento com James. Por sua vez, Chloe contava tudo a Natalie, tentando entender o comportamento nada natural de James.

No começo, ela inventara desculpas para James, mas começava a entender que até mesmo *isso* fazia parte do ciclo. A verdade era que ela não queria se casar com James e estava cansada de inventar desculpas. A terapia continuada fora produtiva em fazer com que Chloe acreditasse que o comportamento de James não era culpa dela, mas ela tinha outras preocupações.

— Eu sei — admitiu Chloe com tristeza. — Mas estou preocupada com as notícias negativas na imprensa. Blake tentará a reeleição em breve. Não quero ser uma fonte de fofocas.

— Seu irmão sobreviverá. Ele é muito querido e não acho que o fim do noivado da irmã dele fará alguma diferença — respondeu Lara em tom firme. — Pergunte a Blake — sugeriu ela ao fechar a mochila. — Posso garantir que ele será a favor de você tirar James de sua vida.

Ele seria. Chloe sabia disso. A família era importante para Blake e ela ainda era a irmãzinha mais nova, apesar de já ser adulta. — Ele vai querer que eu faça isso. — Ela nunca questionara qual seria a resposta do irmão. Ela estava mais preocupada com as consequências que talvez ele tivesse que enfrentar.

Lara revirou os olhos. — Todos querem que você faça isso. Guardei suas confidências sobre algumas das coisas que acontecem com James, mas sinto-me culpada de esconder coisas assim de Tate. Ele ficaria lívido se soubesse como as coisas são realmente ruins e fico nervosa porque você não terminou completamente com ele. Tate quer que você esteja segura. E eu também.

— Desculpe — respondeu Chloe imediatamente.

Lara deu de ombros. — Meu relacionamento com Tate sobreviverá. Estou mais preocupada com você.

Chloe ficou imaginando como seria ser tão confiante sobre o homem com quem se casasse, saber que ele a amaria, não importasse o que acontecesse. Ela colocara Lara em uma situação desconfortável ao dividir algumas das preocupações sobre seu relacionamento com James e não era justo.

— Vou terminar. Quando Ellie desapareceu, adiei o casamento, em vez de cancelar, porque estava preocupada com ela. Mas James vem me pressionando. Preciso dizer a ele. — Chloe sabia que seria o maior alívio da vida dela quando finalmente terminasse com ele, mas seria estranho. Eles acabariam se encontrando em uma cidade pequena como Rocky Springs e ela aprendera que o temperamento de James podia ser feroz.

A última gota acontecera algumas semanas antes e ela não se encontrara sozinha com ele desde então.

Com a ajuda de Natalie, ela estivera trabalhando na coragem para terminar o noivado quando Ellie desaparecera. Bem no fundo, Chloe sabia que não podia se casar com James e estivera planejando cancelar o noivado e o casamento mesmo antes de a amiga desaparecer.

— Alguma notícia dela? — perguntou Lara.

Chloe balançou a cabeça negativamente, ainda arrasada por Ellie ter desaparecido um dia sem deixar rastros, apenas algumas semanas antes do casamento.

Para desgosto de James, Chloe deixara de lado todos os pensamentos sobre o casamento e juntara-se à busca intensa pela melhor amiga. Agora chegara a hora de cancelar o casamento, especialmente porque ela entendia relacionamentos abusivos muito melhor do que antes devido à paciência e aos conselhos de Natalie. O "relacionamento" dela com James não tinha nada de saudável e estava na hora de acabar com ele.

— Não ouvi nada. Marcus tem um detetive particular trabalhando nisso agora e Zane está me ajudando a procurar Ellie. O caso ainda está aberto, mas a polícia diz que há todos os motivos para acreditar que ela pode só ter ido embora. Não há provas de que um crime tenha sido cometido. Ela simplesmente... desapareceu. — O vazio em seu coração ficou um pouco maior ao pensar em Ellie, preocupada que estivesse lá fora, em algum lugar, com problemas e sem poder se comunicar. Ou ainda pior...

Chloe não queria pensar no pior. Ela ainda falava com Zane todos os dias, torcendo para que, juntos, conseguissem encontrar a melhor amiga dela.

— Você realmente acredita nisso? — perguntou Lara ao pegar a mochila.

— Não — respondeu Chloe no mesmo instante. — Ela não faria isso. Ellie sempre foi responsável e não tinha motivo para ir embora. Somos melhores amigas desde a época da escola. Ela teria entrado em contato comigo se pudesse. — Ellie não entrara em contato com Chloe de forma *alguma*, algo que a estava deixando aterrorizada.

— Acha que tem alguma coisa a ver com James?

Meses antes, ela teria pulado para proclamar a inocência de James. Agora, ela não tinha certeza se realmente o conhecia.

— Porque ela trabalhou para ele? Não tenho certeza. — Chloe não queria acreditar que James pudesse estar envolvido no desaparecimento de Ellie. E ele jurara que não sabia por que ela simplesmente não aparecera para trabalhar em um certo dia.

A única coisa que a amiga comentara com Chloe fora que podia ser difícil trabalhar com James, mas ela só trabalhara no consultório dele por um tempo curto antes de desaparecer.

Sinceramente, não fazia sentido que James tivesse algo a ver com o desaparecimento de Ellie. Eles mal se conheciam. Ela não conseguia pensar em um cenário que o tornaria responsável pelo desaparecimento súbito de Ellie.

— E você tem certeza de que não havia um homem na vida dela? — perguntou Lara, subitamente soando como a ex-agente do FBI que fora antes de se casar com Tate.

Chloe balançou a cabeça negativamente. Ela e Ellie sempre tinham sido as esquisitas da escola, as duas com excesso de peso e desajeitadas durante todos os anos de estudo. Elas ficaram incrivelmente próximas uma da outra por se sentirem desconfortáveis e descobrindo que tinham muito mais em comum entre si do que com as garotas populares. Depois de ficarem amigas, passaram a ter uma à outra e isso fizera toda a diferença para Chloe na escola.

— Não, nenhum namorado — respondeu Chloe finalmente em tom sombrio. — Eu teria ficado sabendo.

— Como uma mulher simplesmente desaparece sem nenhum motivo aparente? — comentou Lara pensativa. — Não faz o menor sentido. Eu não a conhecia bem, mas não parece o tipo de mulher que procura problemas.

— Não era. Ela cresceu em uma família boa, como eu. O pai dela faleceu há vários anos, a mãe dela casou de novo e mudou-se para Montana, mas elas ainda são próximas. Ellie nunca quis atrair a atenção para si mesma. Ela tinha uma vida discreta, até onde sei. — Chloe não vira a melhor amiga com muita frequência depois de ir para a universidade de veterinária, mas elas conversavam pelo telefone quase todos os dias. Havia pouca coisa que não contavam uma à outra.

— Ela gostava de James? Sabia sobre os problemas que vocês tinham? — perguntou Lara baixinho.

Chloe deu de ombros. — Não contei muita coisa sobre ele a ninguém, exceto você e Natalie. Acho que, algumas vezes, eu tinha vergonha da forma como ele me tratava. Ellie nunca o conheceu bem até começar a trabalhar com ele, o que não durou muito até ela desaparecer.

— Termine com ele e mantenha distância, Chloe. Por favor. — Lara lançou um olhar suplicante a Chloe.

Chloe assentiu lentamente ao colocar a mochila sobre o ombro. — Vou fazer isso. — Ela sabia que estava na hora. A amiga estava desaparecida havia quase seis meses. Chloe nunca deixaria de procurar Ellie e um pedaço de seu coração sempre estaria faltando, a não ser que a encontrasse. Mas ela tinha que terminar com James. Já evitara o assunto por tempo demais. Ela tinha informações e aconselhamentos suficientes agora para ser forte e cortar todos os laços com ele.

— Não deixe que ele a culpe nem a convença do contrário — advertiu Lara.

Chloe sabia como James podia ser quando decidia se mostrar arrependido. Ele era convincente, mas ela não o deixaria levá-la de volta para o ciclo.

Nunca mais, não importa o quanto as coisas fiquem difíceis quando eu falar com ele.

Ela simplesmente assentiu para Lara. — Obrigada — disse ela por sobre o ombro ao andar em direção à porta de saída.

— Pelo quê? — perguntou Lara confusa ao seguir Chloe.

— Por me ajudar, por me apresentar Natalie, por me apoiar e por amar tanto meu irmão. — Tate estava muito feliz e Chloe sabia que isso se devia a Lara. O amor que brilhava entre eles quando ela os via juntos era tão forte que era quase palpável.

— Ele não é um homem fácil de amar o tempo inteiro, mas é o homem certo para mim — disse Lara com um suspiro feliz.

Pensando naquilo, Chloe imaginou que *nenhum* dos irmãos eram homens fáceis de amar, mas ela os amava mesmo assim. Eles podiam ser teimosos, orgulhosos e exigentes, mas o coração de todos era bom. — Tate virá para o café da manhã novamente? — perguntou Chloe curiosa.

Lara riu. — É claro. Ele vai tomar um café da manhã que não precisará preparar. Não tenho tempo para cozinhar de manhã.

— Que tal irmos até lá para ver se sobrou algum *waffle*? — brincou Chloe.

— Ele guardará para nós e sua mãe começou a fazer mais *waffles* para o café da manhã. Ela sabe que ele vem comer no *resort* quase todas as manhãs.

A mãe de Chloe administrava o *Rocky Springs Resort*, um refúgio sofisticado para pessoas que queriam escapar da vida ocupada por um tempo curto.

Sem querer mais falar sobre James, Chloe foi em direção à sala de jantar. — Estou faminta — admitiu ela, sem se preocupar mais tanto com o peso. Ela era cheia de curvas e fim. Além do mais, precisava de uma comida gostosa.

— Vá na frente — disse Lara ansiosa.

Chloe não tinha certeza se Lara estava ansiosa pelo café da manhã ou para ver o marido. Ao andar com Lara em direção à comida, achou que fosse um pouco de cada.

— Vou terminar o noivado com James. Não quero me casar com ele — admitiu Chloe para a mãe, Aileen Colter, enquanto tomava café com ela antes de sair para a clínica veterinária. Tate e Lara tinham comido e saído depressa, pois ela tinha que ir para uma aula. Como sempre, Tate levaria a esposa para a universidade de helicóptero, trazendo-a de volta para casa mais tarde.

Aileen deixara o escritório no *resort* para se juntar à filha para tomar o café da manhã.

— Graças a Deus — sussurrou Aileen, com o alívio evidente na voz.

Chloe suspirou ao soprar a bebida quente e olhar para a mãe por sobre a borda da xícara. — Você também? Achei que queria que eu me casasse.

Aileen encarou a única filha com um olhar de amor. — Eu quero. Mas a sua felicidade é mais importante do que eu querer netos. Não acho que você seria feliz com James.

— Por quê? — perguntou Chloe curiosa. A mãe sabia muito pouco sobre o relacionamento dela com o noivo.

Aileen lançou um olhar sábio a Chloe. — Uma mãe sabe — respondeu ela em tom vago. — As coisas nunca foram boas com ele. Foi o único homem que você namorou na vida. Acho que estava disposta a aceitar muito menos do que merece, Chloe.

Atônita, ela perguntou: — Por que você não disse nada?

— Chega uma hora em que uma mãe tem que deixar de lado. Acha que gostei de ver você se torturar quando não precisava? Acha que não fiquei aterrorizada quando Tate estava nas Forças Especiais? Acha que não me preocupo agora porque sei que Marcus faz algumas coisas perigosas? — Aileen parou para tomar um gole de café antes de continuar: — Todos vocês são adultos e precisam tomar as próprias decisões, goste eu ou não. Criei filhos incríveis e tenho fé de que farão o que for preciso para serem felizes. Mas isso não significa que eu goste de tudo o tempo todo — terminou ela em um tom infeliz.

— Então acha que estou fazendo a coisa certa? — perguntou Chloe ansiosa.

Aileen assentiu. — Com certeza, filhota. Você precisa de um homem que realmente a ame. James não é esse homem. Você só nunca teve a oportunidade de encontrar alguém assim.

O coração de Chloe ficou apertado de amor pela mãe, que obviamente estivera confiante de que ela tomaria a decisão certa em algum momento. — Você teria dito alguma coisa se eu fosse *mesmo* me casar com ele?

— Talvez — respondeu Aileen pensativa. — Mas eu tinha quase certeza de que não precisaria. Eu sabia que você resolveria as coisas em algum momento. Você é uma mulher inteligente. Mas está me deixando um pouco nervosa.

A mãe não sabia de nada sobre o temperamento de James, mas Chloe tinha a impressão de que ela sabia mais do que dava a entender. Talvez fosse o instinto materno, mas Chloe se perguntou como a mãe parecia saber de praticamente tudo o que acontecia com os filhos, mesmo que não lhe contassem nada.

— Sairemos para jantar amanhã. Vou conversar com ele nesta ocasião — garantiu Chloe em tom suave.

— Seja forte — disse Aileen. — Só lembre-se de que ele não é o homem certo para você. Algum dia, você saberá que tomou a melhor decisão.

Chloe já sabia que tinha feito isso, soubera por muito tempo. Ela só precisava de coragem para contar a James. — Obrigada — respondeu ela simplesmente.

Aquelas palavras simples de gratidão para a mãe envolviam muitas coisas:

Obrigada por amar tanto seus filhos.

Obrigada por sempre estar ao nosso lado.

Obrigada por sempre ter fé em nosso julgamento.

E por muitas outras coisas.

A mãe sempre fora o porto seguro de Chloe e não poder contar a ela tudo sobre James quase a matara. Mas ela soubera que a mãe teria falado com os irmãos dela porque a segurança de Chloe estava em risco. E James era um problema que Chloe teria que resolver sozinha. Ele era o único homem que ela conhecera intimamente e demorara muito tempo para entender a verdade. O relacionamento deles *não* era normal nem saudável e estava na hora de pular fora.

— Vou lhe contar como foi quando voltar para casa amanhã à noite — disse Chloe, tomando outro gole do café ao notar o olhar gentil no rosto da mãe.

— Esperarei acordada — disse Aileen rapidamente.

Chloe riu. — Você não me espera acordada desde a época da escola.

— É verdade — concordou Aileen. — Mas não porque eu não quisesse — acrescentou ela, soando chateada.

Chloe estendeu o braço sobre a mesa e pegou a mão da mãe. — Eu amo você, mamãe. — A voz dela estava repleta de emoção. Ela não lembrava muito do pai, mas a mãe sempre fora sua maior defensora sem ser superprotetora. Ninguém ficara mais orgulhosa dela do que a mãe quando Chloe se formara em veterinária.

— Eu também amo você, filhota. — Aileen apertou a mão de Chloe. — Vai me contar tudo quando terminar? — perguntou ela hesitantemente.

Ela sabe. De alguma forma, minha mãe sabe que James é um escroto abusivo.

— Vou, sim — concordou Chloe, sabendo que era próxima o suficiente da mãe para contar tudo *depois* que terminasse o noivado. Como o relacionamento estaria terminado, ela poderia pedir que a mãe jurasse segredo. Havia tantas perguntas que ela queria fazer sobre relacionamentos, mas não podia fazer isso sem revelar o passado com James.

Aileen assentiu. Chloe se levantou e pegou a bolsa, soltando relutantemente a mão da mãe.

— Tenha cuidado — advertiu ela à filha. — Homens desprezados podem ser perigosos.

Chloe respirou fundo, sem querer que a mãe soubesse como estava nervosa sobre terminar o noivado.

— Sou adulta, mamãe. Consigo lidar com isso. — A voz dela demonstrou uma confiança que ela não sentia.

— Eu sei que sim — disse Aileen ao se levantar.

Chloe abraçou a mãe espontaneamente, segurando Aileen um pouco mais do que o normal antes de se despedir e sair do *resort*.

Era hora de interromper o ciclo, hora de finalmente assumir o controle de sua vida pessoal, não importava o resultado de sua decisão. James poderia ficar furioso agora, mas os dois seriam mais felizes no futuro.

Com a decisão firmemente tomada, Chloe foi trabalhar, tentando não sofrer com o encontro com James.

Capítulo 2

— Não posso me casar com você — disse Chloe no jantar na noite seguinte. Ela não esperara para começar a comer no restaurante da família em Rocky Springs. Na verdade, ela nem recebera ainda a bebida que pedira.

Agora que ela conseguira reunir coragem para falar com James, não pretendia recuar. Ela queria terminar a tarefa de dizer a ele que estava tudo terminado assim que possível.

Ela viu quando James a olhou com uma surpresa desagradável. Os olhos dele se estreitaram quando ele a encarou com uma daquelas expressões irritadas que ela passara a conhecer tão bem.

— É claro que você vai casar comigo — disse ele com voz calma, mas ela percebeu a ameaça no tom baixo.

Ela balançou a cabeça negativamente ao encontrar seu olhar irritado. Brincando com o guardanapo no colo, ela respondeu: — Não posso. Não estou feliz, James, nem você. Tenho certeza de que você encontrará uma mulher que lhe agrade, mas não sou essa mulher.

Verdade seja dita, ele não parecia gostar de nada nela, exceto o fato de ser rica e muito bem relacionada desde que voltara a Rocky Springs. Ele sempre fora assim? Ou ela simplesmente passara a maior parte do relacionamento em negação porque eles raramente se encontravam?

Fui realmente tão ridícula que acreditei que nenhum outro homem me amaria e que teria que aceitar o que tinha?

Naquele momento, ela não tinha certeza de por que permanecera por tanto tempo naquele relacionamento, mas Natalie a ajudara a avançar desde o começo. James *não* seria o futuro dela.

A fúria surgiu brevemente na expressão dele ao dizer em tom firme: — Você vai se casar comigo, Chloe. Estivemos planejando nos casar durante anos. Aceitei todas as suas falhas, mas o seu julgamento neste momento me deixou confuso. Quem mais amará você?

O comentário dele a atingiu, mas Chloe tentou não demonstrar. Ele tentava argumentar com ela, fazer com que achasse que nenhum outro homem gostaria dela porque não era a mulher ideal. Mesmo se isso fosse verdade, ela estaria melhor sozinha do que com alguém que a tratava como se tivesse sorte de tê-la aceitado em casamento. Isso transformaria a vida dela em um inferno. Bem no fundo, talvez ela não achasse que alguém a quisesse, mas estaria melhor sozinha do que com alguém que só a desmerecia, certo?

— Não importa se eu nunca encontrar outra pessoa. Não quero me casar com *você* — repetiu Chloe.

— Você não encontrará mais ninguém — disse James em tom arrogante. — Nenhum homem vai querer você, Chloe. Você se veste como uma mulher pobre, não faz nada para melhorar a sua aparência e prefere ficar com seus animais fedidos. Você até mesmo fede como seus pacientes na maior parte do tempo.

Ela se encolheu ligeiramente ao ouvir as palavras dele, sabendo que a maioria delas era verdadeira. Ela nunca gostara da vida de garota rica e participava de pouquíssimos encontros sociais, a não ser que fossem de caridade. Ela realmente *fedia* a animais no fim de um dia de trabalho, mas a aparência dela não importava para seus pacientes. Na verdade, ela *gostava* de estar com os animais. Eles davam amor incondicional.

— Acabou, James — repetiu ela, torcendo para que ele finalmente desistisse.

— Não acabou, Chloe. Nunca acabará. Escolhi você apesar de poder ter praticamente qualquer mulher que eu queira. — A voz dele estava ficando mais alta e mais furiosa.

Ela olhou para James, elegante com o terno e a gravata. Ele era bonito e era médico. Com um físico alto e esguio, cabelos escuros e olhos azuis, a maioria das mulheres o acharia atraente. Infelizmente, a conexão pessoal dela com ele, se era que um dia existira, acabara. Ela nunca parecia fazer nada certo aos olhos dele e, quanto mais entendia o relacionamento, mais sabia como ele precisava ser controlador. Alguns dos confrontos tinham terminado com resultados terríveis, com James provando que tinha controle completo das formas mais hediondas.

Ele fez lavagem cerebral suficiente em mim. Acabou. Eu seria como um hamster girando em uma roda sem chegar a lugar algum com ele. Não aguento mais.

Chloe engoliu em seco, reconhecendo o tom de inimizade na voz dele. Aquilo normalmente significava que ela pagaria mais tarde pelo que estava dizendo. — *A-ca-bou* — disse ela.

Obrigada, Lara e Natalie. Obrigada por me darem coragem para sair deste relacionamento e por me fazerem perceber como fui idiota em não notar que não poderia me casar com alguém como ele.

Chloe não podia dizer que ganhara muita autoconfiança ainda, mas conhecer Lara, que virara sua confidente, ajudara muito. Natalie consolidara tudo com suas percepções e apoio. Chloe estava em um ciclo de abuso e ia sair daquele ciclo sem fim, não importava o quanto fosse difícil.

— Nós crescemos — disse ela baixinho. — Não somos mais a pessoa certa um para o outro.

Sinceramente, talvez *nunca* tivessem sido certos um para o outro, mas Chloe fora jovem e ingênua quando conhecera James e continuara ignorante sobre o que era normal durante anos. Ela estivera tão concentrada na intensidade dos estudos que estivera mentalmente exaurida demais para questionar qualquer coisa que James enfiara em seu cérebro. Ela aceitara tudo como verdade e agora estava pagando pela falta de atenção ao relacionamento, deixando que ele minasse sua confiança.

— Você vai para casa comigo e conversaremos sobre o assunto lá — disse James impacientemente.

Chloe abriu a boca para falar, mas parou quando a garçonete se aproximou para entregar as bebidas. Ela era uma loira bonita e Chloe ficou atônita ao ver como o comportamento de James mudou para o de um homem charmoso que praticamente flertou com a garota.

Chloe suspirou ao observar a garota colocar o daiquiri de morango em frente a ela com um sorriso gentil. Chloe sorriu de volta ao segurar o canudo e começar a mexer o creme da bebida.

James também direcionara o charme a Chloe em uma época. Mas aqueles dias tinham acabado havia muito tempo. Ele parecia mudar de personalidade como mudava de roupa. Ela reconheceu o sorriso e o charme pelo que realmente eram... nada mais do que uma encenação.

A afeição dele por ela algum dia fora sincera?

A garçonete foi embora e a expressão dele imediatamente mudou para desaprovação ao encará-la.

Eu sei agora o que esse olhar significa. Se ela fosse para casa com ele, não discutiriam nada de forma racional. Ele descontaria a fúria causando dor.

— Não vou para casa com você. Para mim, acabou — respondeu ela em tom casual, apesar de sentir um frio na barriga.

Chloe raramente ia para casa com James e podia contar nos dedos de uma mão o número de vezes em que fizeram sexo desde que ela voltara para Rocky Springs. Na verdade, ela odiava aqueles encontros porque sexo, para James, era apenas uma forma de puni-la, de demonstrar controle. Ela evitara o máximo possível e, ultimamente, recusava-se a ficar sozinha com ele. Depois da última punição dele, ela não lhe dera a chance de forçá-la novamente a fazer sexo.

Tomando um longo gole da bebida, ela observou James de forma discreta, assustando-se quando a mão dele passou por cima da mesa tão depressa que não teve tempo de reagir. Passando os longos dedos em volta do pulso dela, ele a apertou. Chloe se encolheu, sabendo que aquele gesto poderia parecer romântico à distância, mas era uma ação destinada a causar dor... o que aconteceu. A mão dele a apertou tanto que ela teve medo de que os ossos do pulso se quebrassem.

— Gastei todo esse tempo com você, Chloe. Acha mesmo que vou deixá-la ir? Quero todas as coisas a que tenho direito — disse ele furioso. — Quero os carros sobre os quais conversamos e a casa. Quero construir minha carreira e ser o médico mais popular do condado. Mereço isso depois de todo o tempo que investi em você.

James queria muitos brinquedos, coisas caras que somente o dinheiro dela poderia comprar. Em um certo momento, ela estivera disposta a dividir tudo com ele, pois seria seu marido. — Desculpe — disse ela automaticamente para fazer a dor parar.

— Então pare com esse papo de terminar — insistiu James, apertando-a ainda mais de forma cruel. — Pare com isso agora.

As lágrimas começaram a se formar nos olhos de Chloe por causa da dor. — Não posso — disse ela, olhando para ele com expressão de súplica. — Não vou me casar com você.

Ela tentou soltar o braço, lutando com ele. — Você está me machucando.

— Vai doer ainda mais quando voltarmos para casa — disse James, mantendo a mão em volta do pulso dela. — Pare de fazer cena, Chloe.

Ela puxou o braço, sem se importar mais se as pessoas notariam. — Solte-me. — Pela primeira vez, ela sentiu uma raiva real, ódio pelo homem que achou que um dia amara.

Não mereço isto. Nenhuma mulher merece.

— Não vou parar até que *você* pare de agir como uma puta idiota — respondeu James. A voz dele ficou mais alta, o rosto ficou vermelho de irritação e a expressão ficou violenta.

Chloe considerou gritar quando um braço, que pareceu ter saído do nada, instantaneamente fez com que James a soltasse. Ela soltou uma exclamação quando ele a soltou e gritou ao puxar o braço com dor.

Ela olhou para seu salvador.

Gabe.

Ela respirava depressa, com o coração disparado, ao esfregar gentilmente o pulso dolorido, tentando recuperar a circulação para a mão.

— Quando uma mulher lhe pede para soltá-la, você a solta — disse Gabe a James em tom exasperado. — Você está bem, Chloe?

Ela olhou para Gabe com os olhos cheios de pânico. — Sim, estou bem.

James ainda segurava o braço depois que Gabe o torcera de forma brutal para forçá-lo a soltar Chloe.

Gabe empurrou o chapéu Stetson preto para cima com o dedo indicador, revelando a raiva nos olhos ardentes. — Ótimo. Esperarei você na minha caminhonete — disse ele calmamente, com a ira ainda voltada diretamente para James.

O corpo de Chloe relaxou quando ela começou a sentir a mão novamente. Ela queria obedecer, fugir do restaurante como uma gazela assustada com um predador logo atrás, mas não queria envolver Gabe em seus problemas. — Venha comigo — pediu ela. — Não estou me sentindo bem. Quero ir para casa. — Ela se levantou e estendeu a mão para ele.

Gabe hesitou ao olhar para James como se o médico fosse uma barata que gostaria de esmagar. Em seguida, ele olhou para Chloe e segurou a mão estendida dela. — Primeiro você, não importa o quanto eu queira acabar com a raça dele agora — disse ele para Chloe. — Vamos.

— Isso não acabou, Chloe — sibilou James quando Gabe começou a levá-la para fora do restaurante.

Gabe se virou. — Acabou — garantiu ele a James, dando ao homem sentado um olhar mortal. Em seguida, ele gentilmente conduziu Chloe consigo para fora do restaurante.

Chloe o seguiu, sem se sentir afetada pela expressão violenta nos olhos de Gabe. Diferentemente de James, ela sabia que Gabe nunca a machucaria, mesmo se estivesse furioso.

— Que merda foi aquela? — Gabe abriu a porta da caminhonete quando chegaram ao estacionamento.

Chloe segurou a maçaneta do lado de dentro da porta e colocou o pé no estribo para subir para o assento do veículo enorme.

Gabe a impediu, segurando gentilmente o braço dela e passando-o em volta do próprio pescoço. Em seguida, ergueu-a e colocou-a sobre o assento como se ela não pesasse quase nada.

— Eu estava terminando nosso noivado — disse ela com sinceridade, achando que ele merecia saber, pois a ajudara. Ele provavelmente imaginara o que acontecera pelos poucos comentários que ouvira sendo trocados entre ela e James.

Ela não conseguiu ver o rosto dele. Gabe ainda estava parado do lado de fora do veículo e a luz interna não chegava ao seu rosto.

— Graças a Deus! — respondeu ele em tom aliviado. — Deixe-me ver seu braço.

O toque dele foi gentil ao apoiar o braço dela em uma mão e apalpar devagar o pulso com a outra. — Você já tinha algumas marcas antigas. — A voz de Gabe vibrou de fúria.

Chloe sabia que teria marcas novas na manhã seguinte. As anteriores eram quase imperceptíveis e ela não usara uma camiseta com mangas longas. — Elas desaparecerão.

— Elas não deveriam estar lá, para começo de conversa — resmungou Gabe. — Que merda, Chloe, isso aconteceu antes?

Chloe suspirou. Aquilo *acontecera* mais vezes do que ela podia contar. Sinceramente, a dor física desaparecera, mas a tortura mental era muito mais difícil de superar.

Ela ficou em silêncio quando Gabe soltou seu braço e afivelou o cinto de segurança. Ele fechou a porta com cuidado e foi para o lado do motorista.

A escuridão invadiu o interior do veículo quando ele se sentou e fechou a porta. Ele não fez movimento nenhum para ligar o veículo. Estava tudo tão quieto que Chloe conseguiu ouvir a respiração irregular dele.

Finalmente, ele falou. — Quero saber o que aconteceu, Chloe. Eu gostaria de saber de tudo. Não posso ajudar você se não souber de tudo o que aconteceu.

As lágrimas brotaram nos olhos dela ao ouvir a preocupação na voz de Gabe. — É uma longa história — avisou ela, querendo realmente contar a Gabe toda a confusão e a dor que sentia.

— Você tem irmãos que a teriam protegido, amigos como eu que a teriam protegido. Você não depende *dele* para nada. Quero entender o motivo. — A voz dele era uma mistura de confusão e agitação.

— Eu sei. Não tenho certeza se consigo realmente explicar — disse Chloe chorosa.

— Ei, não estou culpando você — explicou Gabe gentilmente. — Só quero entender.

O interesse sincero dele fez com que Chloe cedesse. — Então somos dois — respondeu ela com um soluço estrangulado.

Gabe referira a si mesmo como amigo dela, apesar de Chloe ter feito todo o possível para evitá-lo ou afastá-lo desde que ele a beijara na noite de Ano Novo.

— Vamos entender, Chloe. Prometo — disse Gabe com a voz rouca. Ele estendeu a mão para segurar a dela na escuridão. — Só me prometa que nunca voltará para ele.

O coração dela deu um salto quando ele segurou sua mão gentilmente e entrelaçou os dedos nos seus. Era uma promessa fácil de fazer. Ela chegara longe o suficiente para que nunca mais voltasse. — Prometo.

Gabe ligou o veículo. — No momento, é a única coisa que realmente preciso ouvir.

O alívio e a sinceridade na voz dele fizeram com que Chloe começasse a chorar, sem perceber como era bom ter alguém que se importava. Sem dúvida, os irmãos desejariam matar qualquer um que lhe causasse dor, mas a preocupação parecia diferente vinda de um homem que não era parente dela.

— Você é um homem bom — disse Chloe, percebendo que era verdade no momento em que disse aquilo em voz alta.

— Não sou perfeito, mas sou um homem muito melhor do que aquele que você acabou de deixar — respondeu Gabe com a voz irritada.

— Obrigada por me ajudar. — Ela estava grata por Gabe ter aparecido no momento em que apareceu.

— Ora, só o que você precisa fazer é pedir. Estou muito feliz por ter sentido vontade de comer carne hoje à noite. — Ele apertou a mão dela e soltou-a para engatar a marcha da caminhonete.

— Não sou muito boa em pedir ajuda — admitiu Chloe.

— Percebi — respondeu Gabe em tom infeliz ao manobrar o veículo para fora do estacionamento. — Agora, fale — insistiu ele.

Chloe respirou fundo e começou a revelar, de forma sincera, tudo o que podia sobre o relacionamento horrível com James. Ela contou o que descobrira durante as sessões com Natalie e como lentamente estava recuperando o controle da própria vida. Ele não a julgou, fazendo perguntas quando queria esclarecer algo, mas sem condená-la por ter ficado tanto tempo com James.

Ela lentamente se abriu, contando a ele mais e mais à medida que Gabe a encorajava a continuar falando.

Chloe nunca se imaginara contando a um homem que não conhecia muito bem sobre os piores erros que cometera na vida.

Com Gabe, era muito mais fácil do que ela achava que seria.

Capítulo 3

— Eu acho que queria acreditar que James me amava, mas não demonstrava. Eu queria acreditar que ele mudaria. Finalmente chegou a hora de eu separar o que é verdade e o que queria que fosse verdade, mas nunca foi — disse Chloe a Aileen em lágrimas ao se sentar à frente dela na mesa da cozinha mais tarde naquela noite.

Aileen Colter não pôde deixar de se perguntar se falhara como mãe com a filha mais nova quando Chloe terminou a confissão. Ela ficara horrorizada quando Chloe começara a lhe contar sobre o comportamento de James desde que a filha voltara definitivamente para Rocky Springs.

Meu Deus, eu sabia que o relacionamento deles não era bom, mas nunca acreditei de verdade que James fosse capaz do tipo de abuso mental e físico que Chloe acabou de me contar.

Seus olhos se encheram de lágrimas quando ela olhou para a filha tão linda. Chloe não era mais uma garota e sempre tivera uma cabeça boa e um coração gentil, mas era muito jovem e ingênua sobre os homens quando conhecera James. E ele fora o único exemplo de namorado que ela jamais conhecera.

— Acabou, querida — disse Aileen em tom cheio de remorso, desejando ter conversado de forma mais franca com Chloe antes.

Ela se preocupara com Tate.

Ela se preocupara com Marcus.

Ela se preocupara com Blake.

Ela se preocupara com Zane.

Por que nunca se preocupara de verdade com Chloe?

Minha cabeça estava tão cheia de preocupações com os garotos. Minha filha nunca reclama e eu não sabia que ela tinha problemas tão graves. Mas deveria ter notado a dor dela, feito mais perguntas quando suspeitei que o relacionamento com James não era totalmente saudável. Eu só não sabia como era ruim...

— Não chore, mamãe. — Chloe se levantou da cadeira e puxou a mãe para um abraço.

— Eu sinto tanto, Chloe — disse Aileen ao se levantar para abraçá-la.

— Não é culpa sua — respondeu Chloe. — Eu era ignorante sobre os homens quando conheci James. E ficar noiva dele me manteve assim.

— O que aconteceu para que você mudasse? — perguntou Aileen curiosa quando as duas se sentaram novamente. — Como sabia que tinha que encontrar forças para terminar?

Chloe abriu um sorriso. — Lara — respondeu ela com simplicidade. — Ela está me ensinando a lutar e sabe muito sobre relacionamentos não saudáveis. Ela teve um ou dois antes de conhecer Tate. Não eram relacionamentos abusivos, mas não eram bons. Ela me ajudou a encontrar aconselhamento. E isso ajudou muito.

Aileen suspirou, grata por Tate ter se casado com uma mulher tão maravilhosa, uma mulher que abrira os olhos de sua filha para a verdade quando ela mesma não conseguiu enxergá-la. — Ela é boa para ele.

Chloe revirou os olhos. — É uma forma muito branda de colocar as coisas. Eles praticamente adoram um ao outro — retrucou ela. — Eu queria ter um relacionamento como o deles algum dia.

— Você terá, Chloe. Basta não aceitar menos do que merece — advertiu Aileen. A breve expressão solitária no rosto da filha deixou seu coração apertado.

A filha deu de ombros. — Acho que não sei bem *o que* eu mereço ainda. Nunca esperei muito porque não sou exatamente a mulher ideal. Sério, eu provavelmente fui um alvo fácil para James porque nunca gostei muito de mim mesma.

Por alguns momentos, Aileen olhou para a filha mais nova em choque. — Não entendi. Você é linda e bem educada. Também tem muito dinheiro, o que espero que nunca seja um fator em relacionamentos futuros, mas não sei o que mais você poderia querer.

— Eu quero *não* ser gorda — admitiu Chloe em tom infeliz.

Aileen encarou Chloe por um momento antes de dizer: — Seu corpo é como o meu. — Chloe era cheia de curvas, pois herdara a compleição da mãe, mas certamente não poderia ser definida como gorda. Ela fora rechonchuda na escola, mas nada que não tivesse superado ao ficar adulta. — Simplesmente fomos feitas assim.

Chloe tinha exatamente o mesmo quadril largo e o traseiro cheio que ela. E Aileen nunca se considerara com excesso de peso.

— Sempre me senti diferente — admitiu Chloe. — Mas eu tinha Ellie e era feliz. Quando comecei a namorar James, ele era charmoso. As coisas ruins começaram depois.

Aileen sentiu o coração apertado ao pensar na melhor amiga de Chloe. Ainda não havia informação alguma sobre o que acontecera com a mulher desaparecida e era doloroso pensar em Ellie passando por alguma situação terrível. Chloe ficaria arrasada e Aileen sempre adorara a melhor amiga da filha. — Eles a encontrarão — disse ela em tom de apoio.

Só espero que a encontrem viva. Depois de seis meses, não é muito provável.

— Espero que sim — disse Chloe em tom ardente.

Aileen tomou um gole do chocolate quente que fizera quando Chloe chegara. — Fico feliz por Gabe ter estado lá hoje à noite.

— Eu também — admitiu Chloe. — Foi horrível, mas fico feliz por ele ter me ajudado. Na verdade, por ter me resgatado. Teria sido uma cena pior se ele não tivesse feito isso. Ainda assim, eu queria que não tivesse sido *Gabe*... — Talvez tivesse sido *necessário* que fosse Gabe para que ela pudesse falar sobre a dor, mas agora estava um pouco constrangida pela forma como abrira o coração para ele.

— Por que você o detesta tanto? — perguntou Aileen curiosa, já certa de que sabia a resposta. — Ele sempre foi simpático com você. — Na verdade, ele sempre gostara de implicar com Chloe e Aileen suspeitava de que havia um motivo para isso.

— Eu não o *detesto*. Só não *gosto* realmente dele. — Chloe riu das próprias palavras. — Isso não soou certo, não é? Na verdade, ele me ofereceu um emprego, uma chance de sair da cidade. Acho que o dr. Thomas se aposentou e ele precisa de um novo veterinário residente.

Aileen ficou animada. — Você vai aceitar?

Chloe pensou por um instante. — Eu quero aceitar. Fiz aquela residência extra para treinar em medicina equina para que pudesse me sentir confortável trabalhando com cavalos. Mas Gabe tem alguns cavalos bem caros. Imagino que ele gostaria de alguém com mais experiência que eu.

— Todo mundo precisa começar em algum lugar. E você tem o treinamento adicional. Você é perfeitamente capaz, Chloe — disse Aileen, enviando um agradecimento silencioso a Gabe por ser tão atencioso. Chloe era qualificada para a posição e seria uma boa experiência para ela. Ela era qualificada demais para a posição que ocupava na clínica veterinária atual depois que fizera a residência extra para se especializar em medicina equina.

— Começar com cavalos muito caros não era o meu plano, mas você sabe o quanto amo fazer esse tipo de trabalho.

Aileen sabia. Chloe fora louca por cavalos desde que começara a andar. — Vá em frente. Isso lhe dará uma chance de se afastar por algum tempo, concentrar-se em uma coisa diferente. —*E em alguém mais que não seja James.*

Talvez ela fosse tendenciosa porque conhecera Gabe Walker durante quase toda a vida dele, mas Aileen o adorava. Ele seria bom para Chloe. Ela conseguia ver a diferença entre um homem como

Gabe e um homem como o ex-noivo de Chloe. Os dois estavam em mundos completamente diferentes.

Diferentemente de James, Chloe se juntara ao grupo de veterinários da cidade e poderia facilmente deixar a posição em aberto enquanto assumia uma nova oportunidade de emprego. O grupo adorava tê-la, mas a prática sobreviveria muito bem sem ela.

— Vou pensar no assunto — prometeu Chloe ao tomar o último gole do chocolate e levantar-se. — Vou para a cama. Está tarde. Você também deveria ir dormir.

— Posso ser velha, mas acho que consigo ficar acordada até depois da meia-noite de vez em quando — foi a resposta bem-humorada de Aileen ao observar a filha colocar as duas canecas na lava-louças. — Querida? — chamou ela baixinho.

— Sim? — Chloe se virou para encarar a mãe.

— Um dia, você encontrará alguém que a ame exatamente como é. Não precisa mudar. Seu pai achou que eu era linda e perfeita para ele. O homem *certo* sentirá o mesmo a seu respeito. Quando você encontrar o homem certo, saberá.

— Gabe me disse uma vez que eu era perfeita. — Chloe suspirou.

Aileen ergueu as sobrancelhas. — Ótimo. Ele tinha razão.

— Ele estava bêbado. Era véspera de Ano Novo.

Ela sorriu para Chloe. — Alguns homens tendem a ser mais sinceros depois de alguns drinques.

— Papai dizia a você como era linda somente quando bebia? — perguntou Chloe em tom hesitante, como se não tivesse certeza de que queria saber a resposta.

— Não. Ele me dizia todos os dias — respondeu Aileen. Mesmo depois de tantos anos, seu coração ainda sentia saudades de sua cara metade. Ela duvidava que Gabe dissera aquilo apenas porque tomara alguns drinques. Ela se lembrou de Gabe ter tomado alguns drinques em sua festa, mas estivera muito longe de estar completamente bêbado. — Você é linda, Chloe. Acredite em mim. — A mãe, protetora que era, podia ser tendenciosa, mas ela conseguia ver a filha exatamente como era: linda, inteligente, educada e doce... algumas vezes boa demais para o próprio bem.

— Obrigada, mamãe. Você também é linda. Eu sempre quis ser mais parecida com você. — Chloe olhou para a mãe e abraçou-a antes de acariciar seu rosto. — Durma um pouco. Vou ficar bem.

Aileen olhou dentro dos olhos cinzentos maravilhosos da filha, marca registrada da família Colter. — Eu sei que acontecerá. Só precisará de tempo, Chloe. James foi o único namorado que teve, mas há outros rapazes por aí. Rapazes decentes. O *rapaz* certo.

— James não é mais meu — retrucou Chloe em tom determinado. — Ele só é parte da minha história.

— Sinto muito que ele tenha magoado você, querida.

— Não sinta. Se James não tivesse me dado uma chacoalhada, talvez eu acabasse me casando com ele. Pelo menos, não precisei devolver um belo anel de noivado — brincou Chloe.

Aileen sentiu a dor da filha. Ela conseguia ver essa dor nos olhos bonitos, mas Chloe, como sempre, negava esse problema. James nunca se dera ao trabalho de dar um anel de noivado a ela. Não que ele não tivesse dinheiro suficiente para comprar *alguma coisa* para ela. James só preferira gastar o dinheiro consigo mesmo. Sua filha não teria se importado de ganhar um anel barato. Chloe o teria usado com orgulho, pois era o sentimento que contava.

Aileen desejou ter percebido como Chloe se sentira esquisita na época da escola. Talvez pudesse tê-la ajudado na época e evitado a falta de autoconfiança que percebia agora.

Se pelo menos eu soubesse na época o que sei agora.

Aileen teria desencorajado a filha a se encantar com James.

— Talvez o próximo lhe dê pelo menos alguns quilates — comentou Aileen, pensando em como Chloe merecia alguém disposto a ter um compromisso sério com *ela* e não com seu dinheiro. Ela sempre suspeitara que James via Chloe primeiramente como um bilhete para o sucesso e a riqueza.

Chloe assentiu com um sorriso. — Pelo menos três — concordou ela. Em tom mais sério, ela acrescentou: — Eu gostaria de me envolver mais na organização de caridade de Asha para mulheres que sofreram abuso. Sei que muitas daquelas mulheres estiveram em situação pior que a minha e entendo por que elas permanecem no ciclo. Algumas não têm saída. Eu gostaria de ajudar. Não estou pronta agora, mas acho que estarei no futuro.

Chloe apoiava tantas causas de caridade que Aileen não ficou nem um pouco surpresa com a oferta generosa. Chloe fora muito jovem quando o pai morrera, mas Aileen sabia que o falecido marido sentiria orgulho da filha. Chloe crescera para ser uma adulta socialmente responsável, que preferia doar o dinheiro a gastá-lo consigo mesma.

— Também vou ajudar mais — disse Aileen a Chloe em tom encorajador. — Já contribuo financeiramente para eles, mas adoraria fazer mais.

Chloe sorriu para ela. — Faremos isso juntas.

Aileen sorriu de volta para a filha mais nova. Ela sempre fora uma criança alegre e crescera para ser uma adulta alegre. Ela escondia bem a dor, mas Aileen sabia que estava lá.

— Mamãe? — chamou Chloe.

— Sim?

— Quanto tempo demora *de verdade* para alguém se apaixonar?

Aileen fez uma pausa antes de responder. Finalmente, ela admitiu: — Não sei. Eu me apaixonei pelo seu pai muito depressa. Em questão de um mês, ele colocou um anel no meu dedo. Algumas vezes, acho que você só... sabe. Duas pessoas são conectadas de uma forma inexplicável. Eu sei que nem sempre acontece assim, mas foi o que aconteceu comigo.

— Foi o que aconteceu também com Lara e Tate. Ela disse que eu saberei quando encontrar o cara certo.

— Ela tem razão, você saberá.

— Eu amo você, mamãe. Durma bem — disse Chloe em tom suave ao sair para ir para o quarto, o mesmo que ocupara antes de ir para a faculdade.

Aileen, sentada à mesa da cozinha, observou a filha ir para o quarto, com a mente cheia de culpa e autodepreciação.

Por que ela não vira a dor pela qual Chloe estava passando? Por que não a impedira? Ela sempre deixara que os filhos adultos tomassem as próprias decisões, mas, se tivesse sabido sobre a atitude abusiva de James, teria encontrado uma forma de acabar com aquilo.

Apesar de querer manter Chloe consigo o máximo possível de tempo, ela esperava que a filha aceitasse o emprego com Gabe. Chloe cavalgava desde muito pequena e tinha uma afinidade incrível com os cavalos, como acontecera com todos os animais.

Aileen suspeitava que Gabe tinha várias outras intenções que não apenas dar uma oportunidade de emprego a Chloe para o qual ela era altamente qualificada, mas não achava que isso importaria. Gabe Walker era um homem bom e talvez Chloe finalmente conseguisse ver como era ter um homem como ele em sua vida.

Ela ficou sentada por mais algum tempo, pensando nos filhos, e especialmente em Chloe, antes de finalmente se levantar e ir para a cama.

Capítulo 4

Gabe Walker tinha medo de pouquíssimas coisas na vida.

Aquele dia era uma exceção.

Chloe telefonara para dizer que aceitaria a posição como veterinária residente do Walker's Ranch que ele oferecera mais de duas semanas antes.

Agora, ele esperava a chegada dela, sentindo-se como um adolescente excitado novamente esperando para encontrar a namorada. Não era algo confortável para um homem da idade dele e, sendo bem sincero, isso o deixava muito nervoso.

Chloe já conversara com os sócios na cidade, que concordaram em deixá-la assumir o emprego no rancho. Ela pedira o aviso prévio quase imediatamente. Ele não estava surpreso. Todos os veterinários da Clínica Animal de Rocky Springs eram pessoas bacanas. Estavam se saindo muito bem antes de Chloe se juntar ao grupo e continuariam a se sair bem sem ela.

Eu preciso dela mais do que vocês.

Ele se sentou na cadeira confortável na sala de áudio e vídeo, comendo distraído as balas de uma tigela que estava sempre presente naquele aposento, que tomava a maior parte do primeiro andar da casa. Gabe quisera uma estrutura de alta tecnologia para que pudesse observar todas as áreas principais do rancho e provavelmente tinha mais equipamentos do que precisava. Ele conseguia ver todas as áreas onde estavam os potros, as pastagens e a maioria dos celeiros, o que era útil quando as éguas estavam prontas para entrar no cio.

Felizmente, isso não aconteceria nos próximos meses e a expectativa era de que fosse somente no começo da primavera. Ele também tinha várias câmeras que mostravam os veículos que se deslocavam em direção à sua propriedade, o que o deixava preparado para entregas e pessoas que queriam ver os cavalos ou perguntar sobre aulas. Era *nessa* câmera em que o foco intenso dele estava concentrado no momento.

E se ela desistir?

E se ela mudar de ideia e não aparecer?

Gabe disse a si mesmo para deixar que Chloe tivesse tempo para organizar os pensamentos depois que James a prejudicara tanto. Não era uma coisa fácil de fazer quando ele ficava de pau duro sempre que ela surgia, mas Gabe se importava com mais coisas do que apenas levar Chloe para a cama. Ele queria que ela fosse feliz de novo.

Colter era o ideal *dele*, a mulher que tinha tudo o que Gabe queria: a aparência, a inteligência, a doçura que às vezes ficava um pouco azeda quando ela se irritava com ele e um corpo cheio de curvas que encaixaria com perfeição contra seu corpo largo. Ele ainda se sentia desolado sempre que lembrava do comentário dela na véspera de Ano Novo, ao dizer que era gorda. Chloe Colter, para ele, era o mais próximo que uma mulher conseguiria chegar da perfeição.

Desde que a vira após a volta definitiva para Rocky Springs, seu pau estava louco para ser enterrado nela. O problema era que ela era irmã de seu melhor amigo e já estava comprometida, noiva do maior escroto da cidade.

Ele cerrou os pulsos sobre a mesa ao se lembrar das confissões de Chloe, apesar de ter quase certeza de que ela não contara tudo.

Eu adoraria matar o imbecil.

Que tipo de covarde machucaria uma mulher inocente, tratando-a como se fosse lixo?

Chloe merece alguém muito, mas muito melhor que isso.

Infelizmente, Gabe sabia que aquele homem não podia ser *ele*.

Blake provavelmente tentaria lhe dar uma surra se começasse a se meter com sua irmã mais nova. E a amizade com Blake era importante. Eles se conheciam desde a infância e o pai de Gabe ainda o levara a Rocky Springs praticamente todos os verões enquanto ele era adolescente, mesmo depois que o pai de Blake fora assassinado. Os pais dele e os de Blake tinham sido amigos e os dois adolescentes tinham desenvolvido uma amizade muito próxima durante os anos da adolescência depois que ele perdera a mãe. Blake sempre fora o amigo com quem Gabe pudera contar e estivera presente quando Gabe perdera o pai logo depois de terminar a faculdade, o que o deixara essencialmente sozinho no Texas. Gabe ainda tinha amigos no Texas e primos espalhados pelo país, mas ninguém cuja amizade ele valorizava mais do que a de Blake.

Quando a propriedade ao lado do rancho de gado de Blake fora colocada à venda, Gabe não hesitara. Ele liquidara todos os negócios no Texas para se mudar para o Colorado e começar de novo. Era algo de que precisara depois de perder o pai e a mãe.

O pai dele fora um ícone no Texas e Gabe nunca conseguira ocupar seu lugar. Não era que não quisera seguir os passos do pai, mas nunca conseguiria ser o homem que o pai fora.

Gabe estivera no processo de fechar o negócio do rancho no Colorado e resolver os negócios no Texas quando Chloe fora embora para a faculdade. Gabe não a encontrara depois disso, nem mesmo nas raras ocasiões em que ela voltara para casa nas férias estudantis.

Vê-la novamente, agora adulta, fora um choque. Ele se lembrava dela como uma garota. Ela voltara para Rocky Springs como uma mulher linda, inteligente e *sexy*.

Nem pense nisso, Walker. Você é o melhor amigo de Blake. Ajude Chloe nessa experiência difícil e deixe de ser tarado.

Obviamente, o amigo desejaria que Gabe cuidasse de Chloe, já que Blake estava em Washington até que o recesso de férias do Congresso iniciasse... pelo menos, era o que ele dizia a si mesmo. Mas ele não achava que *cuidar* da irmã de Blake incluiria ir para a cama com ela até que não conseguissem caminhar, o que era exatamente o que queria fazer sempre que a via.

Não é apenas sexual. Eu gosto dela... eu mais do que gosto dela.

Houvera pouquíssimas mulheres em sua vida que não tinham querido *alguma coisa* de um relacionamento com ele e fora sempre alguma coisa material. Parecia um tanto estranho lidar com uma mulher que era tão rica quanto ele e que não precisava de nada material dele.

Ele sorriu e seu coração acelerou ao ver a caminhonete vermelha dela no caminho até a casa.

Ela veio. Ela realmente desistiu da posição na prática comunitária para vir para mim.

As ações dela significavam que ela acreditava que estava tomando uma boa decisão. E não havia nada que Gabe quisesse mais do que ver Chloe acreditar em si mesma, confiar no próprio julgamento... acreditar nele. Ora, algum dia, ela precisaria confiar em um homem que não fosse um de seus irmãos e podia muito bem começar por ele. Gabe não conseguia entender por que queria a confiança dela. Só sabia que era muito importante que ela soubesse que podia contar com ele.

Talvez eu só queira ocupar o lugar de Blake enquanto ele está longe...

Não... isso era uma bobagem completa. E Gabe não podia dizer a si mesmo um monte de besteiras, mesmo que estivesse tentando racionalizar seu comportamento. A verdade era que ele queria Chloe para si mesmo e era exatamente *isso* que o motivava naquele momento.

Ele queria ver o sorriso dela de novo.

Ele queria fazê-la rir.

Ele queria fazê-la feliz.

Ele queria viver a paixão reprimida dela que sentia que queria ser libertada.

Ele queria se enterrar nela e marcá-la como sua. Queria saciar os dois.

Meu Deus! Ele se odiou pelos pensamentos sexuais aleatórios sobre Chloe, mas não parecia conseguir evitá-los. Ele se sentira atraído desde o dia em que ela voltara para Rocky Springs.

Ele se levantou da cadeira quando a caminhonete se aproximou da casa, ainda sorrindo porque, para uma mulher tão *feminina* e cheia de curvas, ela certamente tinha um veículo muito grande. Na verdade, era similar ao veículo dele, mas o de Gabe era preto.

Gabe observou quando Chloe parou o veículo e saltou do banco. O sorriso dele ficou mais largo ao perceber que ela não se vestira para impressionar. Não que isso importasse. Ela era tão linda que seu coração disparou. Vestindo uma calça *jeans* velha que envolvia um traseiro bonito, ela cobrira a parte de cima do corpo com um moletom velho que estampava o logotipo da universidade. Os cabelos pretos estavam presos em um rabo de cavalo. Ao vê-la pela câmera da porta de entrada, ele notou que ela não usava muita maquiagem.

Não importava! Ele ainda estava com o pau tão duro que era difícil caminhar.

Uma coisa de que ele gostava em Chloe era que ela era despretensiosa. Ela podia ser de uma família rica, mas não era possível saber disso apenas olhando para ela ou conversando. Ela era inteligente, mas não era esnobe. Obviamente, sentia-se mais confortável exatamente como estava naquele momento. Não, Chloe não era uma pessoa metida.

— Ela é bonita demais para o próprio bem — resmungou Gabe, perguntando-se quanto tempo demoraria até que outro homem visse exatamente o que ele via ao olhar para ela.

Ele não gostava da ideia de *qualquer* outro homem conseguindo a atenção dela.

Chase, o border collie de seis anos, saltou empolgado do lugar onde estava, perto dos pés de Gabe.

— Vamos, amigão. — Gabe estalou os dedos para chamar a atenção do cão exuberante. — Seja educado — avisou ele ao cão.

O cão normalmente era bem-comportado, mas, às vezes, ficava um pouco atencioso demais.

Chase se sentou e olhou para ele com um olhar profundo.

— Não é hora de petiscos, amigão — resmungou Gabe, sabendo exatamente o que o cão queria. Sem conseguir resistir ao olhar implorante de Chase, mesmo enquanto dizia aquelas palavras, ele tirou um petisco do bolso e jogou-o para o cão.

Chase o pegou no ar e o petisco desapareceu em questão de segundos.

Gabe finalmente ouviu a campainha tocar e tentou conter o entusiasmo por ver Chloe de novo. Certamente seria um encontro um pouco constrangedor depois que ela se abrira sobre o seu relacionamento. Ele não a encontrara pessoalmente desde aquela noite.

Apesar de relembrar a si mesmo para não ser impaciente, Gabe subiu a escada correndo para atender a porta.

Chloe estava nervosa.

Ela não contara a Gabe todos os detalhes de seu relacionamento com James, mas ele sabia a maior parte. Havia apenas algumas coisas tão horríveis que ela não conseguia discuti-las com ninguém, exceto Natalie. Quando finalmente revelara os piores incidentes à psicóloga no dia anterior, Natalie ficara aliviada por Chloe ter conseguido se libertar totalmente de James. A dra. Townson apoiava a decisão de Chloe de ter um novo começo fora da cidade para que não tivesse que vê-lo diariamente.

A conversa de Chloe com Gabe no telefone sobre o emprego fora breve e ela não sabia exatamente como reagir a ele pessoalmente.

Sou uma profissional, porra. Vou agir de forma profissional. Não estou aqui como amiga, estou aqui como funcionária.

Era difícil lembrar que Gabe agora era seu padrão, depois de ela ter chorado praticamente durante toda a explicação a ele de por que terminara seu noivado com James.

É um novo começo para mim. Vou tratá-lo como uma experiência empolgante.

Ela respirou fundo, desfrutando do ar frio do outono nas Montanhas Rochosas. De costas para a porta de Gabe, ela olhou para as montanhas e para o vermelho e o laranja vívidos nas folhas que ainda havia nas árvores. A maioria delas estava caindo, mas os traços do outono no Colorado ainda permaneciam.

— É tão lindo — sussurrou ela para si mesma, sentindo que, depois de tantos anos, finalmente estava... em casa.

Gabe tinha uma propriedade imensa, que se estendia além do que os olhos dela conseguiam enxergar. Os celeiros e os prédios eram bem cuidados e os potreiros tinham alguns dos animais mais lindos que ela já vira. Chloe fizera a residência em uma fazenda de cavalos importante e, à primeira vista, já percebera que o rancho de Gabe era muito sofisticado. Ele certamente não se preocupara com custo ao construir a casa e o rancho.

Não que ele precisasse se preocupar com dinheiro.

Não precisava.

E isso estava patente em todos os detalhes pequenos que ela conseguia ver.

Pare de enrolar, Chloe. Toque a campainha.

Ela se virou e colocou o dedo com determinação no botão da campainha, perguntando-se com curiosidade se ele tinha uma equipe para cuidar da mansão imensa.

Estranhamente, a casa não era pretensiosa. Certamente era grande, mas Gabe usara cores naturais e plantas nativas. A mansão bem cuidada parecia complementar a paisagem, em vez de se destacar como algo destoante. Além do fato de o lugar ser gigante, parecia pertencer à paisagem.

Chloe deu um salto quando a porta foi subitamente aberta e ela viu Gabe sorrindo.

— Que bom que você veio — disse ele simplesmente naquela voz meio rouca que sempre deixava os hormônios femininos de Chloe dançando felizes.

— Eu também acho — respondeu ela com sinceridade. Ela estava feliz por estar ali, longe da cidade, pronta para fazer um trabalho que sempre quisera fazer. Chloe tinha quase certeza de que se sentiria culpada em aceitar o salário gordo que Gabe oferecera.

Ele abriu a porta um pouco mais e acenou para que ela entrasse. Ela sorriu de volta para ele porque era praticamente impossível *não* fazer isso. O sorriso malicioso dele era contagiante.

Imediatamente após passar pela porta, ela foi recebida por mais de vinte quilos de músculos e pelos. Um border collie latia entusiasmado enquanto saltava do chão contra ela várias vezes.

— Chase! Pare! — comandou Gabe em tom sério.

Chloe ficou encantada e ficou de joelhos, deixando que o cão preto e branco inteligente a farejasse antes de acariciar o pelo dele. — Ele é uma graça.

— Às vezes, ele é muito chato — resmungou Gabe.

O cachorro se acalmou rapidamente, deitou-se e rolou para ficar de barriga para cima para que Chloe pudesse coçá-la. Ela não acreditou nem por um momento no comentário negativo de Gabe. O amor no tom dele era evidente. — Suponho que o nome dele seja Chase.

— Ele recebeu esse nome porque corre atrás de tudo que enxerga, de coelhos a ursos. Não sabe bem quais são as limitações dele. Nem seu tamanho. Nem sua força.

— Ele é uma doçura — disse Chloe ao fazer um último carinho no cão antes de se levantar. — Tenho certeza de que ele é muito inteligente. — Aquela raça era excepcionalmente esperta.

— Ele é — confirmou Gabe, acrescentando em seguida: — Quando não está perseguindo alguma coisa que provavelmente o matará.

Chloe riu, adorando o relacionamento entre Gabe e o cão. O homem obviamente gostava de reclamar do cão, mas a afeição e a preocupação por Chase eram bem evidentes.

Ela o seguiu ao conduzi-la para a cozinha.

— Quer um café? — Gabe tirou uma caneca do armário, mas hesitou.

— Eu adoraria, obrigada. Não tive tempo de tomar café esta manhã. Zane telefonou e conversamos durante tanto tempo que não consegui tomar café. — Ela deu um passo à frente. — Pode deixar que eu pego.

Gabe lançou um olhar sério a ela. — Você é convidada. Sente-se e relaxe. — Ele acenou para a mesa da cozinha.

Ela se sentou, mas respondeu: — Não sou convidada, Gabe. Sou funcionária.

— Você é veterinária. É mais uma consultora do que funcionária. E não pago você para pegar café.

Chloe apoiou os cotovelos na mesa e observou enquanto ele preparava a caneca com a cafeína de que precisava desesperadamente. Era bom ver um homem fazer algo por ela. Enquanto estava com James, era ela quem pegava tudo para ele.

Gabe parecia bem confortável na cozinha. Para um homem daquele tamanho, ele fazia tudo com uma graça lenta e natural que a deixou surpresa. Ele devia ter mais de um metro e oitenta e tinha o corpo grande, puro músculo. Vestindo calça *jeans* e um pulôver cinza casual obviamente destinado a aquecer, ele parecia incrivelmente bonito e irresistível.

Ele não era atraente por causa da riqueza. Ele parecia um homem robusto que se sentia confortável consigo mesmo, não importava o que estava fazendo.

— Creme e açúcar? — perguntou ele.

— Só um pouco de creme — respondeu ela automaticamente. Apesar de preferir o café com muito creme e açúcar, ela aprendera a bebê-lo quase preto. James a condicionara a ingerir menos calorias e eliminar o açúcar refinado.

Ela pensou nisso por um momento antes de mudar de ideia. — Pensando bem, pode botar bastante dos dois.

Gabe se virou e sorriu para ela, como se soubesse exatamente qual era o motivo de ter mudado de ideia.

— Como você realmente gosta do café? — perguntou ele curioso.

— Cheio de creme e açúcar — afirmou ela.

— Boa garota — disse ele em tom de apoio, colocando mais açúcar no café dela. — Velho hábito?

— Sim. Um hábito que não preciso mais seguir. — Era difícil se livrar de alguns rituais antigos, mas, em certo ponto, eles desapareceriam. Era hora de ela perceber do que gostava e de agradar a si mesma.

Gabe estendeu a caneca para ela e sentou-se à sua frente com a própria caneca na mão. — Veja se está bom. — Ele acenou com a cabeça para a caneca dela.

Chloe tomou um gole, deixando que o gosto do café doce invadisse a boca. — Perfeito — respondeu ela com um sorriso feliz. Fazia muito tempo desde que tomara um café tão gostoso.

— Ótimo. Agora, diga-me como está. Algum arrependimento sobre o noivado desfeito?

Chloe olhou para os belos olhos verdes de Gabe, que naquele momento expressavam uma preocupação profunda. Alguma coisa na atitude dele não a deixou mentir nem emitir nada.

— Nenhum arrependimento — respondeu ela com cautela. — Mas preciso lhe dizer uma coisa porque estou trabalhando para você. Não vou estar na minha melhor condição física por cerca de uma semana. — Chloe manteve o olhar dele, sentindo o coração derreter ao vê-lo franzir a testa e parecer preocupado.

— Por quê? — perguntou ele em tom grave. — Está doente?

Ela balançou a cabeça devagar. — Não. — Não havia uma forma fácil de dizer aquilo, mas ela precisava explicar. — Gabe, eu estava grávida. Tive um aborto espontâneo e ainda estou me recuperando. Perdi o bebê há alguns dias.

Chloe achou que superara o choque inicial e o trauma do incidente, mas percebeu que provavelmente isso não acontecera quando começou a chorar.

Capítulo 5

Chloe chorou de pesar enquanto ficava sentada no colo de Gabe, protegida nos braços dele. Ele a erguera da cadeira na cozinha e carregara-a para a sala de estar, embalando seu corpo no colo. Ela estivera chorando desde então.

Ela não sabia quanto tempo se passara.

Chloe mal notara quando ele a levara nos braços até a sala de estar.

Agora, estava finalmente percebendo os arredores de novo.

— Eu sinto muito — disse ela com voz estrangulada ao limpar a torrente sem fim de lágrimas.

— Não, Chloe. Bote tudo para fora — disse Gabe com voz rouca ao acariciar os cabelos desgrenhados dela que ele soltara.

Ela apertou os braços um pouco mais em volta do pescoço dele e repousou a cabeça em seu peito. — Achei que não me importava. Eu estava no começo da gravidez, cerca de cinco semanas. Algumas vezes, acho que me sinto culpada, pois uma parte de mim está aliviada. Mas outra parte está de luto pela perda. Não sei como deveria me sentir — disse ela sem fôlego, exausta por causa do choro. — Acho que a pior parte de tudo isso é a manipulação de James. Ele me deu o anticoncepcional. Disse que tinha muitas amostras grátis.

— E o que aconteceu? — perguntou Gabe.

— Eram apenas placebo. Zane os testou para mim. Ele me ligou hoje cedo para me dizer o resultado. James queria que eu engravidasse. Talvez tenha sentido que eu queria terminar. Ou talvez quisesse apressar o casamento. — Ela ficara horrorizada, mas não necessariamente surpresa. Tivera suspeitas a partir do momento em que percebera que estava perdendo o bebê.

— Você precisa consultar um médico. — A voz de Gabe subitamente ficou exigente.

— Já consultei. Fui a Denver. Não queria que ninguém soubesse. Não podia procurar um médico aqui. — Quando as cólicas e o sangramento começaram, ela tivera quase certeza do que estava acontecendo. Nunca tivera muitas cólicas, mesmo na adolescência antes de começar a tomar anticoncepcional. — Procurei Zane porque precisava da ajuda dele. Eu queria saber se James tinha trocado minhas pílulas. As que me deu nos últimos meses pareciam diferentes, mas ele disse que só eram de uma marca diferente. Zane me levou a um ginecologista amigo dele para garantir que estivesse tudo bem. — Chloe respirou fundo e terminou com voz trêmula: — Estava tudo bem. O aborto estava concluído. Zane levou o frasco que James me deu para analisar o conteúdo e o médico me deu uma injeção anticoncepcional em vez das pílulas.

— Era preciso alguém que cuidasse de você — retrucou Gabe em tom feroz. — Não deveria ter passado por tudo isso sozinha em Denver. Poderia ter me chamado, Chloe.

Estranhamente, ela *quisera* chamar Gabe porque sentira muito medo. Mas, no fim, sabia que era algo com o qual deveria lidar sozinha. Ela conversara com Natalie sobre o assunto e tentara trabalhar a dor emocional e a confusão que sentira após o aborto. A julgar pela reação que tivera, obviamente ainda não superara tudo aquilo.

— Aconteceu naturalmente. Acontece com as mulheres o tempo todo. Acho que foi o choque que realmente me abalou. — Chloe não conseguia acreditar que estava discutindo tudo aquilo com Gabe, mas, de alguma forma, parecia fácil contar a ele quando não conseguia contar a ninguém, exceto Natalie.

— Aileen sabe? — Gabe apertou os braços em volta dela de forma protetora.

— Não. Por favor, não conte a ninguém. Ainda não estou pronta para isso. Zane é o único da família que sabe e prometeu ficar em silêncio. — Ela inventara desculpas para dar a Lara por perder as sessões matinais nos dias anteriores, dizendo à cunhada que estava ocupada preparando-se para o novo emprego.

— Você pode confiar em mim, Chloe. Nunca contarei a ninguém algo que você não queira. Mas faremos as coisas do meu jeito. Nada de trabalho agora. Pode se familiarizar com o rancho, mas deixe-me cuidar de você por um tempo — exigiu Gabe.

Ela se deixou relaxar contra o corpo musculoso de Gabe, imaginando como seria ter um homem cuidando dela por alguns dias. Certamente seria... diferente. — Gabe, não preciso que cuidem de mim. Estou pronta para voltar ao trabalho. Só preciso que você saiba que provavelmente serei um pouco lenta.

— Você ficará com esse seu belo traseiro em uma cadeira ou descansando em algum lugar — rosnou ele.

Chloe estremeceu ao ouvir o comando dele. Talvez devesse estar furiosa por ele lhe dar ordens. Porém, a voz dele tão maravilhosamente preocupada e o comentário sobre seu traseiro ser belo praticamente neutralizaram a raiva. Ele estava sendo protetor e a preocupação desnecessária com o bem-estar dela era doce. — Farei como você quiser por um tempo curto — concedeu ela.

— Fará como quero até que eu diga o contrário — retrucou ele em tom autoritário.

Ela sorriu contra o peito dele. Gabe soou muito como um dos irmãos dela. — Veremos — respondeu ela em tom neutro, divertindo-se com a disputa verbal. Quando ele a segurava de forma tão terna, confortava-a de maneira tão doce, era difícil discutir.

Os dias anteriores tinham sido difíceis e parte dela realmente sentia culpa por estar aliviada com o fato de não carregar o filho de James. Mas a perda de qualquer criança a deixava emotiva. O bebê também fora dela e nunca nasceria. — Obrigada — disse ela espontaneamente a Gabe.

— Pelo quê?

Ele agia como se não tivesse feito nada, quando, na realidade, fizera muito apenas por confortá-la. — Por me ouvir. Por entender.

— Não posso dizer que entendo completamente, mas estou preocupado com você — disse ele baixinho no ouvido dela. — Sei que não entendo seu ex-noivo psicótico. Que cara faz uma coisa dessas? Que cara faz qualquer umas das coisas imbecis que ele fez com você? Ele não é certo da cabeça, Chloe.

Eram perguntas que Chloe fizera a si mesma repetidamente. E por que ela aceitara aquilo como normal? Nunca tivera nada com que comparar o comportamento de James, mas tinha irmãos. Nenhum deles seria capaz de tratar uma mulher da forma como James a tratara. Era como se ela nunca tivesse conseguido se conectar com os homens porque James fora seu único *namorado*, além de ser um excelente manipulador. — Não sei — respondeu ela com sinceridade.

— Eu quero machucá-lo, Chloe. Quero isso mais do que jamais quis alguma coisa — admitiu ele furioso.

— Eu sei. Meus irmãos iam querer fazer a mesma coisa. Mas não quero isso, Gabe. Só quero esquecer. Lara e Natalie me ensinaram muito sobre como deve ser um relacionamento normal e você me deu um novo começo. Só quero seguir a vida agora. — A vida com James finalmente terminara. — Quero ser feliz de novo. — Ou talvez pela primeira vez na vida. Ela ficara com James por tanto tempo que não tinha certeza do que realmente era ser "feliz" em um relacionamento.

Gabe acariciou o rosto dela. — Você será, querida. Prometo.

A sinceridade na promessa dele a tocou profundamente e fez com que Chloe quisesse muito acreditar nele. A dor e a ansiedade tinham sido suas únicas companheiras recentemente. Ela precisava encontrar alguns amigos novos.

— Vai me mostrar o rancho? — perguntou ela em tom sonolento, sentindo os olhos fechando. Ela estava exausta depois de algumas noites praticamente sem dormir.

Ela acordara cansada naquela manhã, mas resolvida a começar uma vida nova com Gabe. O telefonema de Zane a deixara um pouco desanimada. Sim, ela já suspeitava de que James traíra e manipulara seu corpo e sua mente, mas ter a confirmação fora um choque.

— Mais tarde — respondeu Gabe abruptamente. — No momento, você pode descansar.

— Não estou doente — argumentou Chloe, forçando-se a abrir os olhos. Ela aceitara o emprego e queria começar a trabalhar.

— Dê um pouco de tempo a si mesma, Chloe. Você precisa de tempo para se curar.

— Então podemos dar uma volta lenta pelo rancho — disse ela, sentindo-se confortável o suficiente para brincar com Gabe.

Ele se levantou, ainda segurando-a nos braços. — Depois que você tirar um cochilo. Quanto tempo dormiu na noite passada?

Poucas horas. — O suficiente — respondeu ela evasivamente.

— O que me diz que não foi muito. — Ele andou pela casa imensa e subiu uma escada.

— Coloque-me no chão — disse Chloe em pânico. — Eu peso uma tonelada.

Gabe riu ao subir a escada correndo. — Querida, um cara que não consegue carregar uma coisa pequena como você não é homem. Relaxe.

Ele nem estava ofegante ao chegar ao último degrau. Chloe ficou atônita, em silêncio. Não importava o que ele dizia, nem o tamanho do corpo musculoso dele, ela sabia que não era leve. — Sou veterinária, não médica. Não tenho como resolver sua dor nas costas depois de me carregar de um lado para o outro — disse ela em tom autodepreciativo.

Ele virou em um dos corredores no topo da escada e abriu uma porta com os ombros largos. — Ainda bem que não tenho dor nas costas — retrucou ele.

Chloe olhou em volta do belo espaço em que tinham acabado de entrar, maravilhada com a forma bela e cuidadosa como o quarto era decorado. Era opulento, mas simples. Era incrivelmente grande para um quarto, com uma área de estar pequena perto das janelas largas. A cama imensa ficava mais perto da porta. Os móveis tinham um tom neutro com toques de cores vívidas, principalmente em tons escuros e médios de azul, adicionando um ar confortável ao aposento.

— Que lindo — disse Chloe com franqueza. — Adorei. — Era realmente o tipo de aposento que ela adorava.

— Ótimo, achei que ia gostar. Será seu quarto por um tempo — respondeu Gabe em tom casual ao colocá-la gentilmente sobre a cama.

— Não posso ficar aqui. Você tem uma casa pequena para o veterinário do rancho, não tem? — Fora o que ele lhe dissera. O veterinário anterior tivera a própria casa na propriedade.

— Estou reformando aquela casa. Você terá que ficar aqui até que a reforma termine — retrucou Gabe. — Demorará um pouco até que terminem.

— Mas posso morar lá enquanto eles trabalham — disse Chloe depressa. Ela não podia ficar na mesma casa que Gabe. Era uma casa imensa, sim, mas ela acabaria passando muito tempo com o dono e isso poderia ser perigoso. Ela estava atraída demais por ele. Ainda estava vulnerável e poderia facilmente se viciar na companhia dele.

Ele balançou a cabeça negativamente ao tirar os tênis dela, como se fosse algo natural a fazer. — Eles estão reformando tudo. O carpete, a pintura, o piso e a mobília nova. O lugar está uma confusão no momento.

— Você não tem outro lugar...

Ele colocou o dedo gentilmente sobre os lábios dela, silenciando-a. — Não discuta, Chloe. Há espaço suficiente para você aqui. Agora, tire um cochilo. Poderá conhecer o rancho mais tarde.

Ela estava cansada e a cama sob seu corpo parecia divina. O travesseiro sob sua cabeça era macio e ela adorou a textura do algodão. — Precisamos conversar sobre esse arranjo — advertiu ela com um bocejo.

— Querida, no momento, não parece que você esteja em condições de discutir sobre nada — disse ele com um sorriso leve.

Ela sorriu fracamente de volta. — Foram umas semanas bem difíceis. — Desde que ela terminara o noivado, estivera constantemente tentando evitar James. Não atendera aos telefonemas dele e ele a seguira da casa para o trabalho todos os dias, mas parava quando ela entrava na propriedade dos Colters. Até o momento, ela conseguira se desviar todas as vezes em que ele tentara confrontá-la, torcendo desesperadamente para que James desistisse e percebesse que não havia mais nada a dizer.

Era o fim e nada do que ele dissesse faria a menor diferença.

— Você está segura agora, Chloe. Confie em mim — disse Gabe enfaticamente ao colocar os lábios sobre sua testa e beijá-la como se ela fosse importante para ele.

Confiar? Não sei se estou pronta para confiar completamente em um homem de novo, exceto meus irmãos.

Ainda assim, ela queria acreditar em Gabe. Sinceramente, ela provavelmente já confiava nele, pois abrira seu coração para ele. Só não estava pronta para dizer isso em voz alta.

— Sei que estou segura — respondeu ela com cautela. — Obrigada.

Chloe sentiu o colchão inclinar quando Chase saltou sobre a cama. Ela sorriu quando o corpo peludo deitou ao lado dela e colocou a cabeça sobre a sua barriga. Correndo as mãos no pelo do cão, ela sorriu quando ele estremeceu de prazer.

— Chase, desça — ordenou Gabe.

— Não tem problema. Ele pode ficar sobre os móveis? — Ela adorava cachorros afetuosos.

— A maior parte deles — admitiu Gabe relutantemente. — Ele gosta de ficar onde eu estou. Acho que a lealdade dele mudou.

— Eu estava chorando. Talvez ele sinta que estou triste — comentou Chloe, continuando a acariciar o pelo sedoso do cão.

— Ainda está triste? — perguntou Gabe com voz rouca.

Chloe parou por um momento antes de responder. — Não. Acho que vou ficar bem.

— Eu sei que vai — disse Gabe em tom confiante. — Agora, descanse um pouco. Poderemos ver o rancho quando estiver se sentindo melhor.

Ele se virou e saiu do quarto, fechando a porta silenciosamente atrás de si.

Chloe empurrou gentilmente a cabeça de Chase e rolou o corpo, abraçando o travesseiro ao deitar a cabeça. O cão se ajeitou ao lado dela.

Ela tentou fazer a mente confusa compreender tudo o que acontecera na semana anterior, mas seu cérebro estava sobrecarregado.

Finalmente, ela desistiu e adormeceu.

Capítulo 6

Gabe demorou vários dias para deixar Chloe sair da casa e mais alguns para permitir que ela visitasse a propriedade. Ela finalmente começou a ficar ansiosa. A confusão dera lugar ao pesar e finalmente à aceitação. Era impossível mudar o que acontecera, mas ela tinha o futuro inteiro à frente.

Chloe queria viver todas as coisas que negara a si mesma, viver uma vida sem medo nem culpa. — Quero ver o rancho agora — disse ela calmamente a Gabe.

Eles estavam sentados à mesa da cozinha depois de tomarem o café da manhã, o que se tornara um hábito nos dias anteriores. Gabe tinha uma cozinheira que preparava o café da manhã e o jantar e uma equipe que semanalmente fazia a limpeza e lavava as roupas. Ela supôs que ele normalmente pulava o almoço, mas sempre preparava um sanduíche ou algo simples perto do meio-dia.

Até o momento, ele não deixara que ela levantasse um dedo sequer para ajudar.

Chloe não podia dizer que todo o tempo fora desperdiçado. Ela estivera com Gabe todos os dias, discutindo cada um dos cavalos na fazenda, o pedigree deles, as técnicas de reprodução e os planos de Gabe. Não era um rancho de reprodução comercial, nem perto disso. Gabe fazia a reprodução dos melhores para diversas finalidades. Uma coisa que tornava o rancho único era que ele não precisava se preocupar em conseguir grandes lucros. Quando o cara era um dos homens mais ricos do mundo, podia fazer alguma coisa só porque gostava dela. Ele podia sustentar a falta de lucro pelo tempo necessário para reproduzir seus melhores cavalos com éguas fenomenais. Os cavalos de Gabe tinham alta demanda, mas ele era rigoroso ao decidir para quem os vendia.

Uma das coisas que ela passara a admirar em Gabe era que o rancho era a paixão dele, não o negócio.

— Não acho que você esteja pronta — disse ele em tom de teimosia.

Ela ouvira exatamente as mesmas palavras todas as manhãs nos cinco dias anteriores.

— Estou pronta. Eu me sinto melhor do que nunca e fui examinada ontem. O médico disse que posso retomar todas as atividades normais — argumentou ela, adorando sua atitude protetora, mas também ressentindo-se um pouco. — Não posso mais ficar sentada, Gabe. Estou entediada. Tive muito trabalho para terminar a faculdade, que demorou dez anos. Não estou acostumada a ficar sem fazer nada nem gosto disso.

— Está começando a me dar ordens? — perguntou ele com um sorriso malicioso ao encontrar o olhar dela. O sotaque texano pareceu mais pronunciado.

Os olhos cor de jade brilharam divertidos e, como sempre, os cabelos dele tinham ondas naturais como se tivessem vida própria, fazendo com que fosse quase impossível resistir a ele.

Mas ela não capitularia desta vez.

— Acho que preciso — disse ela firmemente, sabendo que, se dependesse dele, ficaria dentro de casa durante semanas. — Olhe, estou bem. Você sabe que estou bem. Deixe-me começar a fazer meu trabalho agora.

A sala de jantar ficou em silêncio enquanto Gabe parecia estar ponderando. Chloe percebeu a expressão contempladora dele. Ele era o patrão dela e tinha o direito de lhe dizer se queria ou não que trabalhasse. Mas ela sabia que não era um jogo de poder para ele. Gabe estava genuinamente preocupado com ela.

— Está bem — disse ele finalmente com um acenar lento da cabeça. — Mas não vamos andar pelo rancho de carro. Consegue cavalgar?

Chloe sorriu para ele. — É claro. — Ela crescera sobre um cavalo e participara de algumas corridas amadoras quando era adolescente. O amor que ela tinha pelos equinos fora sua motivação para fazer a residência adicional para se sentir confortável cuidando de cavalos. *Aquele* era exatamente o emprego que ela sempre quisera.

Aquele era o emprego dos sonhos dela. Chloe adorava cuidar de todos os animais, mas os cavalos eram sua paixão, como eram a paixão de Gabe. Ela assumira a posição na clínica para decidir o que realmente queria fazer e se cuidar dos cavalos da área, além de pequenos animais de estimação, seria suficiente. Trabalhar todos os dias com cavalos sem ter que sair de Rocky Springs era a oportunidade perfeita.

— Ok. Está pronta? — perguntou Gabe em tom um pouco infeliz.

Chloe saltou imediatamente da cadeira. — Sim!

— Não se preocupe em colocar botas agora. Vamos andar a cavalo.

Chloe correu para o quarto e calçou um par de tênis velhos, que já tinham visto muitos celeiros e estábulos. Gabe providenciara para que todos os seus pertences fossem levados para o rancho e ela guardara praticamente tudo, exceto as roupas. Não que tivesse muita coisa. Ela planejara comprar coisas novas quando comprasse uma casa. A maior parte do que tinha no momento era de coisas úteis ou sentimentais.

— Vista um casaco! — gritou Gabe do corredor.

Chloe sorriu. Não estava exatamente frio. O outono no Colorado era imprevisível, mas o clima estava incomumente quente. Ela tirou uma jaqueta leve do armário e vestiu-o, perguntando-se quando Gabe pararia de tratá-la como se fosse frágil como porcelana.

Eles se encontraram no corredor. Gabe acabara de sair do quarto dele, calçando botas de trabalho, com Chase logo atrás. Apesar das ordens que dera a ela, ele vestia uma camisa de flanela e calça *jeans*... sem casaco.

— Onde está o seu chapéu? — perguntou Chloe curiosa, percebendo que não vira Gabe usar o velho Stetson desde que chegara ali.

— Não tenho mais aquele chapéu — respondeu ele, parecendo desconfortável.

— Mas acho que você tem dinheiro para comprar um novo — brincou ela.

Ele deu de ombros. — Não seria a mesma coisa. Aquele era do meu pai. Ele me deu. Eu o tinha desde que era criança.

Ela imediatamente abandonou qualquer ideia de brincadeira. — Sinto muito. Deve ter sido difícil perder algo tão especial. O que aconteceu?

Ela seguiu Gabe pela escada. Ele ficou em silêncio até chegar ao fim dos degraus. — Eu o perdi no potreiro onde estava um garanhão novo. Ele estava nervoso e pisoteou o chapéu até que só sobrassem fiapos.

— Você se machucou? — perguntou Chloe preocupada. Um garanhão nervoso e um homem não eram uma boa combinação.

— Não. Mas o chapéu não sobreviveu. — Ele sorriu para ela por sobre o ombro.

Ela sorriu apesar da tentativa de não achar o comentário dele divertido. — Lamento muito mesmo. Dói perder algo que tem tanto valor sentimental.

— Ei, eu sobrevivi. Papai já se foi há muito tempo. Talvez estivesse na hora de eu parar de tentar ser ele — respondeu Gabe em tom franco.

Chloe segurou o braço dele instintivamente, fazendo com que ele se virasse para encará-la. — Você *estava* tentando ser seu pai? — Chloe se lembrava do pai de Gabe, que fora um homem grande, sem medo de expressar suas opiniões em voz alta. Ele fora um homem muito extrovertido, que sabia contar piadas muito bem.

— Talvez estivesse. Eu me senti culpado por muito tempo por vender a maior parte dos negócios dele. Mas óleo e gado eram duas coisas que eu não sabia gerenciar bem.

Chloe sentiu o coração apertado ao ver a expressão tensa de Gabe. — Você não precisa ser ninguém mais, Gabe. É muito bom do jeito que é.

O olhar dele encontrou o dela. Chloe sentiu vontade de se encolher quando ele a encarou. — Acha mesmo, linda? — perguntou ele com voz rouca.

Ela engoliu em seco, sentindo-se desconfortável com o olhar intenso dele. — Sim.

— Não sou tão agradável como ele era. E prefiro administrar um rancho de cavalos a continuar o legado dele.

— Você é quem é — respondeu Chloe ofegante quando Gabe a segurou contra a parede ao lado da porta. Infelizmente, ela gostava demais dele exatamente como era.

— Exatamente — respondeu Gabe ao colocar as mãos na parede nos dois lados do corpo dela. — Finalmente percebi isso quando joguei aquele chapéu velho no lixo. — Ele fez uma pausa e acrescentou: — O que você precisa jogar fora para descobrir quem é, Chloe Colter?

Ela percebeu o que ele perguntava, mas não tinha a resposta. — Não sei. Eu me sinto diferente desde que terminei com James, mas demorará um pouco para descobrir o que realmente quero. Passei a maior parte da minha vida adulta tentando fazê-lo feliz e nunca consegui.

— Você não deveria ter que *tentar*, Chloe — disse Gabe. O hálito quente dele atingiu a bochecha dela quando ele se aproximou um pouco mais. — Só precisa ser *você*.

Ela queria perguntar o que ele queria dizer com aquilo. Mas, antes que pudesse dizer alguma coisa, o perfume masculino dele atacou seus sentidos. Seu sexo se contraiu em uma reação física intensa como jamais sentira.

Ai, meu Deus. O cheiro dele é tão bom, é tão incrível.

Ela sabia que ele a beijaria e não fez um único movimento para detê-lo. Na verdade, uma voz interna disse a ela para não lutar mais contra a atração que sentia por ele e deixar-se... sentir.

A boca de Gabe desceu sobre a dela de forma dominante, mas tão sensual que Chloe gemeu. Ela se abriu para ele quase imediatamente, saboreando o gosto da paixão no abraço dele. Ele a atacou como um homem possuído. A língua dele assumiu o controle de sua boca, explorando-a como se estivesse desesperado para sentir seu gosto.

Chloe era uma mulher de experiência limitada que tivera contato íntimo apenas com James. O que Gabe fazia com seu corpo naquele momento era tão diferente, tão provocante, que ela não conseguiu resistir. Ela nunca pensara em si mesma como uma mulher sensual e, na maior parte das vezes, odiava o sexo. James raramente exigira sexo no final do relacionamento, deixando claro que seu corpo acima do peso não o atraía.

As únicas vezes em que ele queria trepar comigo era para mostrar que estava no controle.

Todas as vezes, ela sentira dor de uma forma ou de outra e ficara convencida de que provavelmente passaria o resto da vida sem passar por isso de novo.

Acho que eu estava errada. Muito errada.

Ela sentiu os mamilos enrijecerem quando Gabe cobriu a distância entre os dois, encostando o corpo musculoso no dela. Ela se sentiu em chamas quando Gabe ergueu a cabeça e começou a traçar com os lábios um caminho de sensações de prazer pela pele sensível do pescoço dela.

Diferentemente do beijo que trocaram na véspera de Ano Novo, ela não se sentiu constrangida. Na verdade, nunca sentira algo que parecera tão certo. Gabe não estava bêbado e sabia exatamente o que estava fazendo. Isso deixava a experiência muito mais satisfatória.

— Jesus, Chloe. Não aguento mais isso — rosnou ele contra a pele dela.

— Então pare. — A respiração dela estava ofegante e seu corpo estremeceu de desejo.

— Não consigo. Eu a quis desde o momento em que a vi depois que você voltou para casa.

Era excitante ouvir um homem admitir o quanto a desejava. E Chloe sabia que ele não estava brincando com ela. Conseguia sentir a intensidade do desejo dele, ao qual suas emoções e seu corpo respondiam. — Nunca me senti assim — admitiu ela, um tanto confusa pelo desejo de arrancar as roupas de Gabe.

Ele agarrou o rabo de cavalo dela e inclinou sua cabeça para trás para encará-la. — Nunca? — perguntou ele com voz rouca.

Ela balançou a cabeça negativamente, fascinada pelo olhar cheio de desejo dele. — Nunca — disse ela com a voz um pouco mais forte. — Foi gostoso quando você me beijou na véspera do Ano Novo, mas eu sabia que tinha bebido. E eu me senti culpada porque ainda estava com James. Aquela noite foi o momento em que percebi que não podia me casar com ele. Você tinha razão.

— Querida, eu não estava bêbado. Sabia exatamente o que estava fazendo, naquela noite e agora. E as coisas podem ficar melhores que isto — respondeu ele. — Você ficou noiva por anos.

— Não era assim — confessou ela. — Doía e eu não gostava.

Constrangida por uma mulher com sua idade dizer a um homem como Gabe sobre a vida sexual miserável que tivera, ela correu os dedos pelos cabelos dele e puxou sua cabeça para baixo. Ele cobriu sua boca de novo para mais um beijo ardente.

Ele tirou as mãos da parede e envolveu o corpo dela, com os dedos encontrando a pele nua de suas costas sob o casaco e o pulôver.

Chloe estremeceu ao sentir os dedos dele movendo-se sobre seu corpo, como se ele estivesse tentando tocar cada centímetro de pele nua que conseguia encontrar.

O toque dele deixou todos os nervos dela sensíveis. O beijo dele foi implacável, deixando-a quase louca de desejo.

— Gabe — gemeu ela quando ele finalmente levantou a cabeça, sem saber exatamente o que estava pedindo.

As mãos dele pararam e ele puxou o corpo dela contra o seu com força.

— Preciso parar, Chloe. Se não parar agora, não vou mais conseguir parar. — A voz dele estava baixa e cheia de arrependimento, com a respiração pesada.

Ela encostou a cabeça no peito dele, esperando que a respiração desacelerasse e o coração parasse de galopar como um cavalo de corrida. Foi quase uma dor física quando ele deu um passo atrás e afastou o corpo do dela.

— Não vou pedir desculpas por isto — disse Gabe com voz perigosa.

— Não peça — concordou ela depressa. — Não quero que se arrependa de algo assim. — Fora algo bom demais, real demais. Se ele dissesse que sentia muito, estragaria o momento. E isso foi outra revelação para ela. Chloe não se sentia culpada nem arrependida, como acontecera quando ele a beijara na véspera do Ano Novo.

De alguma forma, ela se sentia... liberta.

— Caralho, eu não me arrependo. Só detesto o fato de que não posso tentar seduzir você completamente. — Ele a encarou com uma expressão cheia de desejo.

— Por quê? — perguntou ela curiosa. Chloe não tinha certeza se estava pronta para um ataque completo de Gabe, mas perguntou-se por que ele hesitara se realmente a desejava.

— Você acabou de terminar o noivado com um escroto, teve um aborto espontâneo recentemente e é a irmã mais nova do meu melhor amigo. Acho que é motivo suficiente. Eu seria um imbecil completo se tentasse avançar. — Ele hesitou antes de acrescentar: — Mas não acho que algum dia eu poderia me arrepender de tocar em você, Chloe. É gostoso demais.

Houve um silêncio completo enquanto eles se encaravam. O coração de Chloe ficou apertado ao olhar para Gabe. A vida pessoal dela fora um desastre. Ela julgara todos os homens e relacionamentos pelo único homem que conhecera intimamente. Nenhuma das preocupações de Gabe era válida, exceto que *era* cedo demais para que ela saltasse para dentro de uma fogueira emocional. O médico já lhe dera alta devido ao aborto espontâneo. Não era da conta de Blake nem de nenhum de seus irmãos com quem a irmã deles desejava ser íntima. Ainda assim, Gabe estava com receio de magoá-la ainda mais e isso a tocava mais do que qualquer um dos outros motivos dele.

— Não é da conta de Blake o que faço e estou perfeitamente bem fisicamente. Mas, emocionalmente, estou um desastre, Gabe. Estou trabalhando para me organizar, mas você não precisa disso na sua vida — disse Chloe em tom triste.

Ele balançou a cabeça negativamente devagar, pensativo. — Você ficará bem, Chloe. Você é forte.

Chloe abriu um sorriso fraco. — Ainda não estou forte, mas acho que ficarei. — Subitamente, ela soube que sim, *ficaria* bem. — Mostre-me o rancho, já que não vai me levar para a cama.

A expressão de Gabe ficou sombria. — Não me pressione, mulher. Não tenho tanto controle assim.

Gabe Walker era um mentiroso. Ele era todo honra, integridade e bondade. — Você sobreviverá — disse ela em tom provocante.

Ele pegou a mão dela e puxou-a, centralizando-a sobre o pênis rígido. — Você vai fazer com que seja um inferno andar a cavalo — reclamou ele.

Chloe mexeu os dedos ligeiramente para contornar a ereção que forçava o zíper da calça dele. — Por minha causa? — Hipnotizada, ela o apertou de leve.

— Você é uma obsessão para mim, Chloe. É a minha fantasia. E sim, é por sua causa — rosnou Gabe, afastando a mão dela da virilha e segurando-a ao conduzir Chloe em direção à porta. — Vamos logo antes que eu mude de ideia.

Chloe deixou que ele a conduzisse, chocada demais com a ideia de ser a fantasia de *algum* homem.

Capítulo 7

A semana seguinte foi o céu e o inferno para Gabe. Ele estava completamente viciado em Chloe. Eles faziam as rondas juntos todas as manhãs e conversavam sobre o que ele queria com cada égua que ficaria prenha na primavera.

Ela tinha uma afinidade verdadeira com os cavalos. E, quanto mais tempo ele passava com Chloe, mais apreciava a inteligência e o espírito dela.

O coração dele ficara apertado quando dera de presente a Chloe um Palomino castrado que mandara buscar especialmente para ela depois que aceitara o emprego no rancho. Ele questionara Aileen, tentando descobrir que tipo de cavalo Chloe gostaria de ter. Quando a mãe de Chloe mencionara que a filha sempre gostara de Palominos e que o cavalo que tivera na infância morrera enquanto ela estava na faculdade de veterinária, Gabe começara a procurar a montaria perfeita.

Como o nome registrado do cavalo não era nada casual, Chloe dera a ele o nome de Príncipe, pois dissera que parecia um cavalo de conto de fadas. Ela caíra em lágrimas só porque ele lhe dera um Palomino. Sim, Príncipe era um belo cavalo... mas pelo amor de Deus! Ele *era* dono de um rancho de cavalos. Era algo assim tão importante ele ter procurado um bom cavalo para ela?

Ela dissera que o cavalo era magnífico e que fora o melhor presente que já ganhara. Gabe ficara confuso, perguntando-se que tipo de presentes Chloe ganhara no passado se um maldito cavalo a deixara tão emocionada. Mas, considerando que o ex-noivo nem se dera ao trabalho de comprar um anel de noivado para ela, talvez ele *conseguisse* entender.

Chloe era uma excelente amazona e o receio dele de que Príncipe seria demais para ela foi rapidamente desfeito. Ela lidou com o animal voluntarioso tão bem como lidara com *ele*, o que era um pouco bem demais para o gosto dele. Apesar de não querer ainda que ela trabalhasse o dia inteiro, Chloe se agarrara ao trabalho, verificando as éguas, fazendo ultrassom nas éguas prenhas, verificando a dieta delas, vacinando e correndo de um lado para o outro, parecendo fazer uma centena de coisas ao mesmo tempo. Na maioria das noites, ela chegava em casa no mesmo horário que ele, algo de que Gabe não gostava. Ela estaria exausta antes da chegada da primavera.

Toda a equipe dele a adorava, mas Gabe nunca duvidara de que isso aconteceria. Até mesmo o gerente geral, Calvin, agia como se estivesse meio apaixonado por ela. E o homem estava perto da idade de se aposentar, pelo amor de Deus. Só o que Chloe precisava fazer era abrir aquele belo sorriso para *qualquer* um de seus homens para que a adorassem imediatamente.

Eu deveria saber disso. Sou um desses caras que não conseguem resistir ao sorriso dela.

Era cada vez mais difícil ficar no mesmo aposento que ela sem querer arrancar suas roupas e prendê-la contra qualquer superfície. Gabe não sabia por quanto tempo mais a força de vontade conseguiria superar a necessidade desesperada de enterrar o pênis tão profundamente nela que Chloe nunca mais desejaria outro homem.

Não vai acontecer, Walker. Esqueça. Ela é irmã de Blake.

— Foda-se Blake — sussurrou ele para si mesmo ao sair do banheiro e voltar para a mesa de jantar. — Onde estava Blake quando ela precisou de proteção? Idiota. — O melhor amigo dele ainda não voltara para casa para o recesso do Congresso, mas Gabe pretendia ter uma longa discussão com ele sobre as responsabilidades que tinha com a família quando chegasse. Caso contrário, Gabe estava determinado a cuidar de Chloe ele mesmo. Provavelmente, ele acabaria mesmo cuidando dela. Não conseguia evitar.

Ele chegou à sala de jantar e viu seu primo mais velho no que parecia uma discussão séria com Chloe.

Trace Walker era, naquele momento, um convidado indesejado. Gabe não gostava da forma como ele avaliara Chloe de cima abaixo quando chegara, de forma inesperada como sempre, naquela tarde. Trace tinha uma casa em Denver e ia para lá frequentemente a negócios. Normalmente, ele pousava o jatinho no aeroporto particular dos Colters para visitar quando chegava e saía da cidade. De vez em quando, ele ia a Rocky Springs para visitar, mas não era algo frequente. Praticamente o tempo todo, Trace só se preocupava com os negócios.

Gabe normalmente gostava da companhia dele. Mas não tanto naquele dia.

Ele é alguns anos mais novo que Chloe. Ela precisa de alguém mais maduro que Trace.

Ao se sentar à mesa, ele teve que admitir que Trace era muito responsável. O tio de Gabe fora tão rico quanto seu pai e Trace assumira as rédeas dos negócios do pai de forma admirável após a morte dele. Trace podia ser jovem, mas estava longe de ser imaturo. Não que Gabe quisesse admitir isso naquele momento. Ele só queria dar um soco no rosto do primo para impedi-lo de chegar tão perto de Chloe.

— Então você entende por que preciso de uma mulher? — perguntou Trace a Chloe em tom casual.

Mas. Que. Porra?

Gabe entrara no meio da conversa, mas sabia que não era coisa boa.

— Chloe não está disponível — rosnou Gabe.

— Ele não estava tentando *me* recrutar — disse Chloe com um sorriso.

— Pelo contrário — retrucou Trace em tom suave. — Estaria se você estivesse disposta.

— Ela não está — respondeu Gabe em tom duro. *Quando diabos Trace ficou tão charmoso?* Era bastante enjoativo, mas Chloe parecia gostar do primo dele.

— Você seria perfeita — disse Trace em tom charmoso.

Se esse idiota não parar de sorrir para ela, vou jogar a mesa em cima dele! Darei a ele cinco segundos para se afastar dela.

Um... Dois... Três...

— Ele precisa de uma noiva — disse Chloe a Gabe, virando-se para sorrir para ele.

Quatro... E cinco, porra!!

— Se tocar em Chloe, eu mato você — disse Gabe ao primo com a voz perigosamente feroz. Ele estava finalmente perdendo a paciência e não deixaria que ninguém pegasse a mulher dele. Trace poderia encontrar uma mulher para si e não seria Chloe.

Chloe encarou Gabe e finalmente virou-se para Trace. — Eu adoro meu trabalho aqui, mas obrigada. Se eu pensar em alguém que poderá ajudá-lo, avisarei. Detesto pensar na ideia de você fazer isso sozinho.

— Obrigado — disse Trace em tom polido ao voltar à refeição.

Apesar de estar aliviado por Trace ter se afastado de Chloe, Gabe ainda queria voar sobre a mesa e estrangular o primo. Para que diabos ele precisava de uma mulher? As mulheres literalmente se jogavam sobre ele. Trace era rico, supostamente bonito e normalmente se vestia de forma imaculada em um terno feito sob medida. Ele vestia o manto de bilionário muito melhor do que Gabe.

— Trace estava me dizendo que precisa contratar uma noiva falsa para os feriados — disse Chloe a Gabe em tom casual.

— Falsa? — perguntou Gabe. A confusão se juntou aos ciúmes.

— Ele precisa de alguém para fazer esse papel porque não quer lidar com a ex. Era uma oferta de trabalho honesta. — Chloe enfatizou a última parte do comentário. — Se eu conhecesse alguém, indicaria a ele. Eu queria que Ellie estivesse aqui...

A raiva de Gabe desapareceu quando ele ouviu a dor na voz de Chloe. Ainda não havia sinal da melhor amiga dela e Gabe sabia que isso não era bom. Era muito provável que ela estivesse morta. As chances de encontrá-la com vida depois de tantos meses era muito pequena.

— Alguma notícia dela? — perguntou Gabe baixinho.

— Nada — respondeu Chloe, balançando a cabeça.

— A mulher que desapareceu? — perguntou Trace curioso. — Vi a reportagem no jornal há algum tempo. Você a conhecia?

— Ela é minha melhor amiga — confirmou Chloe com tristeza.

Trace lançou um olhar questionador a Gabe e soube o que o primo estava pensando. Era a mesma coisa que ele: o resultado do caso provavelmente seria uma tragédia.

Gabe balançou a cabeça discretamente para o primo para desencorajar o assunto. Chloe já passara por momentos difíceis suficientes. A última coisa de que precisava era que a polícia encontrasse o corpo de sua melhor amiga jogado em algum lugar da floresta.

— Dra. Colter? — O chamado masculino veio da entrada da sala de jantar.

Gabe virou a cabeça e viu o gerente geral, Calvin, parado na porta, parecendo ansioso.

— Sim, qual é o problema, Cal? — perguntou Chloe ao se levantar da cadeira.

— Temos uma égua que se machucou na cerca. Ela cortou a perna — disse Cal a Chloe em tom de desculpas por interromper a refeição dela.

— O trabalho me chama — disse Chloe apressada, andando na direção de Cal.

— Vou com você. — Gabe começou a se levantar da cadeira.

— Você fica — ordenou ela. — Trace só ficará aqui até a noite. É um trabalho simples de sutura, certo? — Ela olhou para Cal.

— Parece que sim — confirmou o gerente.

— Voltarei quando terminar. — Chloe lançou um olhar sério a Gabe. — Não precisa interromper a visita do seu primo. Já volto.

Gabe observou quando Chloe saiu apressada com Cal, já perguntando detalhes sobre como a égua se machucara e onde era o corte.

— Ela é bonita, inteligente e simpática — comentou Trace. — Você está de quatro por ela.

Gabe quis discutir, mas não podia. — Eu acho que sim. — Ele estava cansado de lutar contra a atração por Chloe. A cada dia, ficava um pouco mais difícil... de forma literal e figurativa. A cada dia, ele descobria mais uma coisa nela de que gostava. A cada dia, Gabe tentava se convencer de que não podia tê-la. Porém, os motivos para não ir atrás dela ficavam cada vez menos importantes.

Trace deu de ombros. — Qual é o problema? Acho que seria bom saber que uma mulher não está atrás de você por causa do seu dinheiro. — A voz dele saiu em tom amargo.

— Com que problema quer que eu comece? — perguntou Gabe, sabendo que não entregaria os segredos de Chloe. — Ela acabou de sair de um relacionamento péssimo e meu melhor amigo é o irmão mais velho dela.

— Se o relacionamento dela era ruim, eu imaginaria que ele ficaria feliz por você estar com ela agora — comentou Trace, largando o garfo sobre o prato e empurrando-o para longe.

Havia tantas coisas mais na situação de Chloe, mas ele não pretendia dizer mais nada a Trace. Não era que não confiasse no primo, mas Chloe era um assunto pessoal demais para discutir com qualquer pessoa. — É complicado — resmungou Gabe finalmente. — E que história é essa de você precisar contratar uma noiva?

Trace sorriu para Gabe. — É complicado.

— As mulheres perseguem você o tempo todo. Não acho que seria um problema escolher uma delas.

— Não preciso de *qualquer* mulher. — Trace olhou irritado para Gabe. — Preciso de uma que não espere nada além do pagamento por um trabalho.

— Você tem razão. Isso *é* complicado — retrucou Gabe. Ele achava muito improvável que o primo encontrasse uma mulher que não esperasse nada dele para agir como sua noiva.

— Vou pensar em alguma coisa — disse Trace. — Chloe é uma mulher bacana, Gabe. Eu gosto dela. Ela é diferente da maioria das mulheres ricas. Parece quase inocente.

— Ela não é. Foi muito magoada. E é mais velha que você — respondeu Gabe em tom de advertência.

Trace ergueu a mão para sinalizar rendição. — Não estou tentando roubá-la de você. Mas ela é apenas poucos anos mais velha e não acho que a idade faça diferença. Chloe parece ser genuinamente bacana.

— Ela é — concordou Gabe. — Algumas vezes, bacana demais. As pessoas às vezes não dão o valor que ela merece.

Ou é simplesmente abusada e negligenciada.

— Então vá atrás dela — aconselhou Trace. — Ela é rica e será um alvo para cada solteiro da cidade. Como você já tem mais dinheiro do que a grande maioria dos homens do mundo, ela saberá que não está atrás do dinheiro dela.

— Não dou a mínima para o dinheiro dela. — A única coisa que Gabe queria era que Chloe fosse feliz. E a última coisa de que ele precisava era mais dinheiro.

— Aí é que está — respondeu Trace. — Você a quer pela mulher que ela é, não pelo dinheiro que tem. Mas acha mesmo que a maioria dos homens pensa assim?

A ideia de outro homem cortejando Chloe por causa do dinheiro dela deixava Gabe enfurecido. — Provavelmente não. Mas vou garantir que isso não aconteça.

— Não pode impedi-la se ela quiser namorar alguém. Ela é apenas sua funcionária — comentou Trace em tom casual.

— Bobagem. Ela não vai namorar mais ninguém. — Gabe bateu com o punho na mesa.

Trace riu. — Então você terá que fazer alguma coisa antes que ela encontre alguém.

Chloe não encontraria ninguém.

Gabe olhou para Trace, que o encarava com expressão divertida e provocante.

Foi naquele momento que Gabe decidiu que não ia mais arrumar desculpas. Trace tinha razão. Gabe não ficaria observando enquanto outro homem encostasse na mulher que ele queria mais do que qualquer outra coisa na vida.

Ele seduziria Chloe Colter.

Capítulo 8

Chloe estava exausta na manhã seguinte. Quando ela voltara, Trace já tinha ido embora, mas Gabe a aguardava. Ela contara a ele sobre a condição da égua, que era boa, e depois fora para a cama.

Infelizmente, ela se revirou na cama durante a maior parte da noite, levantando antes de o despertador tocar porque não conseguiu dormir.

Estou pronta.

Ela mastigou nervosamente um pedaço de torrada enquanto esperava que Gabe aparecesse para o café da manhã. Ela tinha uma proposta para ele e não seria fácil. Mas achava que precisava tentar.

Estou pronta.

Ela não podia continuar tentando ignorar a atração que sentia por Gabe. Era exaustivo e ela queria poder viver realmente de novo, experimentar coisas que não experimentara antes.

Estou pronta.

No minuto em que Gabe entrou no aposento, a confiança de Chloe começou a desaparecer. Ele era o homem mais lindo que ela já vira. E não houvera um momento que passara na companhia dele em que não estivesse totalmente consciente de como ele era atraente.

Olhando com mais atenção quando ele se sentou à sua frente, Chloe percebeu que Gabe parecia tão cansado como ela se sentia.

— Bom dia — resmungou ele ao pegar o bule de café que estava no meio da mesa.

— Bom dia — respondeu ela de forma automática.

— Você está bem? — Ele levantou a cabeça assim que terminou de servir o café e observou o rosto dela. — Parece cansada.

Estou cansada. Estou cansada de lutar contra uma necessidade que não compreendo. Estou cansada de estar no mesmo aposento que você e querer estar mais perto. Estou cansada de não entender o que perdi. Estou cansada de ter medo.

— Estou bem, mas *estou* cansada — admitiu ela. Em seguida, Chloe respirou fundo. — Gabe, não quero mais lutar contra nossa atração. Quero que me ensine como é encontrar a satisfação sexual. Está disposto a me ensinar?

Ele quase engasgou com um pedaço de torrada. — O quê? — perguntou ele, parecendo atônito.

— Quero ter um caso, do tipo ardente que envolve muito sexo.

Gabe engoliu em seco e pegou a xícara de café, tomando um gole grande. Em seguida, começou a tossir. — Credo, Chloe, você quase me matou.

— Eu sei que é pedir muito, mas não espero mais nada de você. Só sexo. Você é o único homem que conheci que me faz sentir esse tipo de desejo. Por favor. — Ela queria que ele dissesse sim. Se não tivesse pelo menos um caso com Gabe, tinha receio de que ninguém mais a faria se sentir como se sentia quando estava com ele. Ela estava pronta para experimentar o sexo sobre o qual as mulheres falavam, mas que nunca conseguira entender.

— Você só quer ter um caso? — perguntou ele, recuperando-se do ataque de tosse.

Ela assentiu, tão nervosa que não conseguiu falar.

— Por quanto tempo? — Os olhos dele estavam escuros e turbulentos.

Chloe deu de ombros. — Pelo tempo que quisermos um ao outro. — As coisas esfriariam depois de ficarem juntos algumas vezes... certo?

— Pode ser um tempo longo para mim, querida — retrucou Gabe.

— Então podemos definir um limite. Uma semana? — perguntou ela.

Gabe começou a rir. — Demorará mais do que isso para mim. — Ficando sério, ele acrescentou: — Você precisa pensar se está pronta para isso, Chloe. Precisa confiar em mim.

— Eu confio. E estou pronta. — Ela confiava nele mais do que confiava em qualquer outro homem, exceto, talvez, seus irmãos. Ele era o *único* homem a quem confiaria seu corpo.

Gabe a encarou e Chloe encontrou o olhar dele de forma franca, sem afastar os olhos enquanto ele parecia decidir o que fazer. Ele tirou o celular do bolso da calça sem deixar de olhar para ela. Em seguida, afastou o olhar rapidamente para procurar um contato e apertar um botão no telefone. Imediatamente voltou a olhar para ela ao colocar o telefone perto do ouvido.

— Cal, Chloe e eu ficaremos presos em uma reunião muito longa esta manhã. Segure as ponta e entre em contato conosco apenas se tiver uma emergência de verdade — instruiu Gabe ao gerente, ainda olhando diretamente para Chloe.

O coração de Chloe acelerou ao perceber a intenção perfeitamente clara nos olhos de Gabe. Certamente ele não queria dizer *agora*. Eles mal tinham terminado o café da manhã. Ela achou que ele pensaria no assunto. Achou que teria tempo para se preparar. Certamente não imaginara que ele agarraria a chance de levá-la para a cama sem hesitar por um momento sequer.

— Sim, obrigado — murmurou Gabe. Em seguida, ele apertou o botão *Desligar* e jogou o celular sobre a mesa.

— Agora? — perguntou ela sem fôlego, sentindo como se mal pudesse respirar.

— Querida, não se faz esse tipo de oferta a um cara tão desesperado como estou por você imaginando que ele esperará. — Gabe se levantou e andou até a cadeira dela. Em seguida, pegou-a nos braços e literalmente correu escada acima.

Chloe riu, sentindo o coração leve pela primeira vez em muito tempo. Ela ficou séria quando ele a colocou de pé no chão do quarto dele. Chase entrou correndo atrás de Gabe, mas ele o enxotou do quarto, fechando a porta firmemente atrás de si.

— Coitado do Chase — disse Chloe, subitamente nervosa.

— Ele sobreviverá. Esta é uma coisa que prefiro fazer sem ele — respondeu Gabe com voz rouca. Ele hesitou antes de dizer: — Você precisa me dizer como era antes. Diga-me do que não gosta. Não quero estragar nada.

O coração de Chloe ficou apertado pela forma como ele deixou que ela visse sua vulnerabilidade. — Você sabe que tenho problemas com o meu corpo.

— O que é completamente desnecessário — retrucou Gabe ao começar lentamente a tirar a roupa.

— Você não me viu nua — disse Chloe, odiando o fato de que talvez ele ficasse decepcionado.

— Não, mas pretendo muito em breve. Vou mostrar a você o quanto amo o seu corpo. O que mais?

— Não gosto de ser forçada — respondeu ela, quase mordendo a língua quando Gabe tirou a camiseta casualmente e jogou-a no chão, parecendo totalmente confortável em ficar nu.

— Isso nunca aconteceria. O que mais?

— Ai, meu Deus, você é perfeito — exclamou Chloe, incapaz de afastar os olhos dos músculos dos braços e do peito dele. Gabe era absolutamente perfeito. Ele se exercitava muito e isso era evidente.

Os dedos dela estavam loucos para encostar na pele nua dele. Ela queria correr as mãos pelo abdômen bem definido. Os olhos dela desceram e perceberam um rastro distinto que, de forma decepcionante, desapareciam na cintura da calça.

— Sou apenas homem, Chloe — respondeu Gabe em tom grave. — Tenho minhas cicatrizes do trabalho com os cavalos e estou muito longe de ser perfeito.

Ele parecia incrível para ela, mas Chloe sabia que o que Gabe tentava dizer era que a atração era uma questão de percepção. Talvez ela não tivesse sido linda para James, mas talvez *fosse* atraente para Gabe. — Você parece incrível para mim — disse ela com sinceridade. — Quero tocar em você.

Ele balançou a cabeça negativamente. — Ainda não. Isso é muito duro para mim... literalmente. Há mais alguma coisa que queira me dizer?

Ela balançou a cabeça negativamente quando seu olhar encontrou o dele. — Só o lance da dominação e o lance do corpo. — Chloe ouviu as próprias palavras, imaginando se seu QI diminuíra enormemente só de olhar o torso nu de Gabe. Ela estava tão excitada que, pelo jeito, não conseguia pensar nem falar direito.

— É uma pena esse lance da dominação, querida, pois às vezes gosto de ser quem manda dentro do quarto — respondeu ele. O sotaque texano dele estava cheio de desejo.

— É mesmo? Com dor? — Chloe sabia que Gabe era um homem dominador, mas era tão terno às vezes. Talvez não o tivesse entendido direito.

Ele andou até ela e colocou as mãos em seus ombros. — Pode ser algo cheio de prazer, Chloe. Eu gostaria de ver quantas vezes consigo fazer com que você goze antes de me descontrolar.

Ela quase derreteu em uma poça quente aos pés dele. — Ok — concordou ela prontamente, achando que deixá-lo assumir o comando talvez não fosse uma coisa ruim.

— Confia em mim, Chloe? — perguntou ele em tom sério ao segurar a parte debaixo da camiseta dela.

— Sim — respondeu ela sem fôlego. Ela levantou os braços, deixando que ele puxasse a camiseta acima de sua cabeça.

— Então deixe-me mostrar como pode ser — exigiu ele em voz persuasiva.

— Sim — sussurrou ela, inspirando o ar rapidamente quando ele abriu o fecho do sutiã. Ele empurrou o sutiã para baixo e pelos braços dela. Chloe sentiu o ar frio sobre os mamilos.

— Maravilhosa — disse Gabe em tom reverente, erguendo as mãos fortes para segurar os seios dela. — Solte os cabelos para mim.

Sem dizer uma palavra, ela ergueu as mãos e puxou a presilha dos cabelos, deixando que os cachos pretos caíssem sobre os ombros. Ela inspirou depressa quando os polegares de Gabe se moveram insistentemente sobre os mamilos rígidos, lançando ondas de prazer em sua espinha.

Sem conseguir esperar mais, Chloe colocou as mãos nos ombros dele, descendo-as pelo seu peito. Ela estremeceu de prazer ao sentir a pele quente dele sob os dedos.

— Gabe — gemeu ela enquanto ele provocava os mamilos sensíveis, fazendo com que sua boceta se enchesse de calor.

— Devagar, querida — disse ele baixinho em seu ouvido. Gentilmente, ele segurou um cacho dos cabelos dela e puxou sua cabeça para trás para que pudesse beijá-la.

Chloe passou os braços em volta dele, abrindo-se ansiosa quando ele devorou sua boca e moveu as mãos para o seu traseiro. O corpo dela pareceu ganhar vida subitamente quando ele puxou seu quadril para encostar na ereção enorme. Chloe estava louca para que ele preenchesse o vazio que existira dentro dela por tanto tempo.

Os seios dela encostaram no peito dele quando Chloe tentou chegar mais perto, enterrando os dedos nos cabelos de Gabe para sentir os fios densos. Ela se esqueceu de tudo o que acontecera antes de Gabe, concentrada apenas no toque dele.

— Você vai me matar, Chloe — murmurou Gabe ao afastar a boca. Com a língua, ele percorreu a pele sensível do pescoço dela.

— Você se importa? — perguntou ela ofegante.

— Claro que não. Seria a melhor forma de morrer — disse ele em tom sério, baixando as mãos para tirar a calça *jeans* dela. — Levante um pé de cada vez — insistiu ele ao ficar de joelhos para baixar a calcinha com o *jeans*, puxando-os para longe. Ela ficou completamente nua.

Sem saber ao certo como se sentir nem o que fazer, Chloe esperou a reação de Gabe ao seu corpo. Suas incertezas pairaram no ar.

As mãos dele correram sensualmente pela parte de fora das coxas dela. — Sua pele é tão macia. Chega de problemas com o corpo, querida. Você é linda demais.

Chloe mordeu o lábio quando ele correu as mãos para cima pela pele sensível da parte de dentro das coxas. Ela prendeu a respiração quando ele parou logo antes de chegar à boceta. — Por favor — sussurrou ela em tom suave.

— O quê? Diga-me o que quer — pediu Gabe.

— Toque-me — implorou ela, precisando sentir as mãos dele como precisava da próxima respiração.

Gabe lentamente colocou a mão entre as coxas dela, deslizando um dedo pelas dobras molhadas, provocando-a antes de colocar dois dedos dentro de sua boceta. — Jesus, você está tão molhada — disse ele em tom gutural. — Abra para mim.

Chloe abriu um pouco mais as pernas, dando a Gabe acesso completo à sua boceta. Ele a recompensou encontrando o clitóris.

O corpo inteiro de Chloe estremeceu quando ele circulou o feixe sensível de nervos, provocando-o e esfregando-o com força.

— Ai, meu Deus — gritou Chloe quando as sensações invadiram seu corpo e sua mente.

— Dê prazer a si mesma, Chloe. Toque nos mamilos, sinta-os — disse Gabe. Em seguida, ele se inclinou para a frente e enterrou a cabeça entre as pernas dela.

O primeiro toque da língua dele em suas dobras deixou Chloe louca. Ela segurou os seios selvagemente, beliscando e acariciando os mamilos cegamente, enquanto Gabe segurava seu traseiro para puxar a boceta contra o rosto.

Aquilo não se assemelhava a nada que ela sentira antes. A boca dele provocava e devorava, finalmente concentrando-se em fazer pressão e estimular onde ela mais precisava daquelas sensações.

Ela gemeu quando ele colocou dois dedos dentro dela enquanto a língua ficava mais ousada, mais exigente sobre o minúsculo botão que precisava de mais pressão.

— Com mais força — pediu ela, sentindo os músculos se contraírem. Finalmente, ela enterrou as mãos nos cabelos dele e puxou sua cabeça com mais força.

Sim. Sim. Sim.

O orgasmo tomou conta de Chloe, que jogou a cabeça para trás. Ela gritou o nome de Gabe enquanto o mundo parecia girar. Seus músculos internos se contraíram em volta dos dedos dele.

Ele a segurou quando suas pernas cederam e deitou-a gentilmente na cama enquanto seu corpo ainda tentava se recuperar.

— Eu queria ver você deste jeito desde sempre. — As palavras emocionadas de Gabe a deixaram novamente excitada enquanto ele lentamente tirava a calça e a cueca.

Ela olhou para ele, quase sentindo como se estivesse em um sonho maravilhoso. Ela observou o corpo nu dele parado ao lado da cama, com o pênis tão ereto que era quase possível vê-lo latejar. — O que foi? — perguntou ela com olhar faminto. Ela sentiu a boca ficar seca ao vê-lo completamente nu e exposto.

— Você está deitada na minha cama, parecendo que acabou de se satisfazer. — Os olhos dele a devoraram, famintos.

— É verdade. — O cérebro de Chloe ainda estava em colapso depois do orgasmo. — Nunca senti nada parecido.

— Você sentirá algo melhor ainda — prometeu Gabe com a voz rouca de desejo e desespero.

Chloe abriu as pernas e estendeu os braços para ele. — Mostre-me.

Ele desceu sobre ela tão depressa que Chloe ficou atônita quando a boca dele cobriu a sua em um beijo tão doce que ela teve vontade de chorar. Ele foi exigente e sensual, com a língua abrindo caminho entre os lábios dela.

Ela sentiu o próprio gosto na língua dele, o que a relembrou de como Gabe acabara de fazer seu mundo girar.

Ele ergueu a cabeça para olhar para ela. Seus olhos pareciam fogo líquido. — Eu quis você por tanto tempo, Chloe. Eu queria isto desde a primeira vez em que a vi quando você voltou da faculdade de veterinária.

— Então, você me tem exatamente onde me queria — provocou ela, sentindo-se tão desesperada quanto ele para que seus corpos estivessem juntos.

— Quase — retrucou ele com voz estoica.

— Trepe comigo, Gabe! — Chloe estava desesperada. — Preciso de você.

— Eu preciso. — A voz dele saiu rouca, quase com dor. — Não consigo esperar desta vez.

— Não espere. — Chloe passou as pernas em volta das costas dele. — Agora. — Ela precisava de Gabe dentro de si. Não podia esperar mais um segundo. Envolvendo o pescoço dele com os braços, ela moveu os quadris para cima, sentindo a cabeça do pênis deslizar sobre suas dobras.

Tão perto. Mas preciso ficar mais perto.

Ele não esperou e enterrou-se dentro dela com uma investida suave.

Ele hesitou. — Tudo certo? — perguntou ele.

Ela se sentiu sendo estendida, mas não havia dor. Gabe era um homem grande, mas Chloe adorou a sensação dos dois corpos juntos daquela forma. — Incrível.

Ele recuou o corpo e deslizou para dentro dela de novo, devagar, fazendo com que ela quisesse mais.

— Mais. Com mais força.

— Estou tentando ser cuidadoso — retrucou ele.

— Não precisa — garantiu ela, sentindo-se em êxtase quando ele iniciou um ritmo mais rápido e exigente. — Isso — encorajou ela.

Ele a possuiu repetidamente, com o pênis entrando e saindo no que parecia um ritmo quase impossível. Chloe moveu a cabeça de um lado para o outro ao sentir o corpo inteiro começar a se libertar e o clímax se acumular.

— Minha, Chloe. Você é minha — disse ele com um gemido estrangulado.

Ela se sentiu conquistada.

Ela se sentiu adorada.

Ela se sentiu invadida pelas emoções.

E ela se sentiu incrivelmente... livre.

— Gabe — gritou ela quando o orgasmo invadiu seu corpo, que era uma massa de necessidade ardente.

— Goze para mim, Chloe — pediu Gabe, mudando de posição para que o pênis esfregasse no clitóris a cada investida.

O pedido dele foi desnecessário, pois seus músculos internos começaram a se contrair com força em volta do pênis.

Ela ergueu os quadris ao se deixar levar pela onda tumultuosa do orgasmo, instigando Gabe a gozar.

— Caralho! Chloe! — rosnou Gabe ao continuar a investir dentro dela.

Ele colocou a boca sobre a dela de forma quase violenta ao gozar dentro dela. Invadida pelas sensações, Chloe acariciou as costas suadas dele, enterrando as unhas ao estremecer em êxtase.

Gabe ergueu a cabeça e rolou de costas, deixando-a conectada a ele e deitada sobre o corpo dele, formando um amontoado suado de pernas e braços entrelaçados.

Apoiando a cabeça no peito ofegante de Gabe, Chloe se esforçou para respirar, ainda sem entender direito o que acabara de acontecer. Não era que ela não entendia orgasmos. Nenhum homem fora paciente o suficiente para fazer com que gozasse antes, mas agora ela entendia completamente como era ter um homem que adorava seu corpo. Era assustadoramente divino.

— Acho que você tem razão — sussurrou ela contra o peito dele ao recuperar o fôlego.

— Sobre o quê? — perguntou Gabe curioso, com a mão acariciando os cabelos dela.

— Vai demorar mais de uma semana. – Ela não conseguia imaginar uma semana com ele e depois... nada.

A risada de Gabe foi tão alta que o barulho feliz ecoou no quarto grande. — Eu sabia que estava certo sobre essa parte antes mesmo de trazer você para a cama — disse ele com um sorriso malicioso.

Ele ficou em silêncio por um momento e, em seguida, disse com voz baixa: — Não usei camisinha. Desculpe. Eu me empolguei porque quis você por tanto tempo. Mas estou limpo. Fiz exames recentemente e não quis ficar com ninguém além de você depois disso.

O coração de Chloe quase derreteu. — Eu tomei a injeção de anticoncepcional. E todos os meus exames foram negativos. Acho que você já sabe que eu também não estive com ninguém.

—Você nunca mais vai querer — resmungou Gabe. — Vou fazer você tão feliz que não vai querer mais ninguém.

O coração de Chloe deu um salto ao ouvir a declaração dele. — Eu *estou* feliz — admitiu ela, encontrando o olhar dele.

— Eu sei — retrucou ele sem falsa modéstia.

— Mas eu preciso trabalhar — disse ela com pesar. Era tão bom ficar deitada com Gabe que ela não queria sair dali.

— Se mexer um dedo, vou atrás de você — ameaçou Gabe. — Vamos tirar o dia de folga. Agora que tenho você na minha cama, não vou deixar que saia em um futuro próximo.

Chloe suspirou e ajeitou-se, sabendo que seria um dia incrível. Para variar, havia algo mais importante que os cavalos.

Havia Gabe.

Capítulo 9

Chloe acordou na manhã seguinte mais feliz do que se lembrava de ter sido. A origem do seu contentamento estava abraçando seu corpo nu, com os braços apertados em volta dela mesmo dormindo.

Gabe.

Erguendo a cabeça, ela o observou, sentindo o coração apertado dentro do peito ao olhar para o rosto dele. Ela sorriu quando os braços dele a apertaram um pouco mais de forma reflexiva, mas ele não acordou. Mesmo durante o sono, ele queria protegê-la.

Pela primeira vez em muito tempo, ela dormira como uma pedra. Ao olhar para o relógio sobre a mesinha de cabeceira, ela percebeu que dormira por mais de oito horas, exausta depois de um dia e uma noite sob a tutela de Gabe.

Ela suspirou. E que excelente professor ele fora. Sim, ele fora exigente e mandão, mas também fora terno, gentil e paciente com ela, algo que Chloe nunca tivera antes.

Correndo a mão pelos cabelos, Chloe imaginou que estivesse um desastre. Não parecia justo que Gabe parecesse ainda mais *sexy* com a barba por fazer e os cabelos ainda mais desgrenhados do que o normal. Gabe tinha um magnetismo sexual subjacente que a atraía mesmo enquanto ele dormia.

Preciso me levantar. Tenho que ver os cavalos.

Nada urgente acontecera no dia anterior. Nem ela nem Gabe tinham recebido chamadas. Eles também não tinham saído do quarto, exceto para comer. Conversaram muito e as coisas que dividiram provavelmente não eram importantes, mas, de certa forma, pareciam íntimas quando eram discutidas com os dois nus.

Ao olhar para o relógio de novo, ela se perguntou como poderia sair do abraço de Gabe sem acordá-lo. Já era tarde e o sol já nascera. As coisas começavam cedo no rancho e ela precisava ir para o seu escritório e seu laboratório.

Ela corou ao pensar em como explicaria sua ausência no dia anterior. Não que Cal ou qualquer outra pessoa da equipe fosse perguntar, mas ela achava que devia algum tipo de explicação. Ela estivera com o patrão por quase vinte e quatro horas.

— Você está pensando demais — disse uma voz rouca de sono.

Ela olhou para Gabe, cujos belos olhos cor de jade estavam agora abertos. — O quê?

— Percebo quando você está pensando demais sobre alguma coisa. Suas sobrancelhas começam a tremer — respondeu ele com a voz cheia de humor.

Chloe não sabia se devia se sentir feliz por ele ter notado seu suposto olhar pensativo ou horrorizada por ter sobrancelhas inquietas. — Mentira — disse ela em tom divertido.

— Verdade — foi a resposta preguiçosa dele ao erguer o corpo para se apoiar na cabeceira. Com um braço ainda em volta das costas dela, ele ergueu a mão para o rosto de Chloe, passando um dedo sobre suas sobrancelhas. Em seguida, correu a mão ternamente pelo rosto dela. — O que está incomodando você, querida?

— Nada de muito importante. Só estou pensando como explicar à equipe por que passei o dia de ontem inteiro com o patrão. — Ela hesitou e acrescentou: — E a noite.

— Você não precisa dizer absolutamente nada a eles. Você estava com o patrão — resmungou ele. — Você se arrepende, Chloe? — A voz dele tinha um toque de vulnerabilidade.

— Não, Gabe — negou ela imediatamente. A última coisa que ela queria que ele pensasse era que se arrependia de alguma coisa. — Foi provavelmente o dia mais incrível da minha vida.

— E há algum "mas"? — Ele inclinou o queixo dela para que pudesse ver seus olhos.

— Não. Só acho um pouco constrangedor. Acha que eles saberão?

Gabe começou a rir, um som provocante que encheu o quarto.

— Pare com isso — exigiu Chloe indignada. — Não tem graça. — Ela mordeu o lábio para reprimir um sorriso. Recuando ligeiramente, ela bateu de leve no braço dele. — Você é o patrão. Eu não sou.

Gabe parou de rir, mas tinha um sorriso no rosto que ia de orelha a orelha. — Se ainda não perceberam o quanto quero você, são muito lentos — comentou ele. — Acho que fico olhando para você como um urso faminto olha para um campo cheio de frutos antes de hibernar.

Chloe desistiu e começou a rir com a comparação de Gabe a um urso faminto. — Você passou quase um dia inteiro comendo... *frutos.*

— Não foi o suficiente. Ainda estou com fome — respondeu Gabe com os olhos ainda sobre o rosto dela.

— Ah, não — disse ela com voz divertida. — Preciso de um tempo, estou dolorida.

A expressão de Gabe subitamente passou para o pesar. — Desculpe, querida.

— Acho que vou sobreviver — respondeu ela, correndo a mão pelo maxilar dele com a barba por fazer. — Mas, se eu não der um tempo, não vou conseguir sentar em um cavalo por uma semana. — Sinceramente, ela não queria nada além de subir nele e satisfazer sua necessidade de estar perto dele de novo. Ela queria ver o rosto expressivo dele ao encontrar a satisfação.

Ela se soltou dos braços dele e finalmente saiu da cama, com uma ideia tentadora em mente. — Quer tomar um banho comigo? — perguntou ela hesitante, estendendo a mão para ele.

Ele balançou a cabeça negativamente. — Péssima ideia. Se eu for, também não conseguirei sentar em um cavalo — respondeu ele em tom moroso.

Ela mexeu os dedos. — Por favor. — Minha nossa, ela adorava saber que, se pedisse em tom doce, ele cederia. Era quase surreal o quanto ele queria agradá-la e ela queria retribuir.

Ele se levantou e pegou a mão dela, encarando-a com dúvida.

— Não vou morder. Prometo — disse ela em tom provocante.

— Ah, que pena — respondeu Gabe, parecendo desapontado ao puxá-la em direção ao banheiro.

Ela vira o chuveiro enorme no dia anterior e suspirou quando ele abriu o registro. O banheiro inteiro era incrível, com uma banheira de hidromassagem, no canto perto da janela, grande o suficiente para uma orgia. — Este banheiro é incrível. A casa inteira é maravilhosa — disse Chloe com sinceridade, adorando a forma como cada aposento parecia complementar o aposento seguinte. Tudo era despretensioso, mas havia uma abundância de elegância silenciosa e toques coloridos.

Ele deu de ombros. — Eu gosto.

— Eu adorei — disse ela, sentindo-se muito mais confortável de estar nua no banheiro. Gabe acendeu a luz.

Por um instante, ela quis esconder o corpo, mas sabia que isso era um sentimento da antiga Chloe. A nova Chloe adorou o olhar faminto que Gabe não tentou esconder ao observá-la de cima abaixo.

— Ainda não consigo acreditar que você está comigo — disse ele com a voz rouca, cheia de reverência.

— Não consigo acreditar que você realmente me queira — retrucou Chloe, esfregando o corpo no dele ao passar para entrar sob os jatos quentes de água.

Por que Gabe Walker, dentre todos os homens, ficaria surpreso por ela querer ficar com ele? Gabe era incrível, por dentro e por fora.

Ele parou atrás dela e passou os braços em volta de sua cintura. — Nunca duvide disso — disse ele perto de seu ouvido, puxando-a para trás contra o próprio corpo.

Estranhamente, ela não duvidava do desejo dele nem por um minuto. Não mais. Por algum motivo, ele *realmente* a queria. E ela optou por não questionar o motivo.

Virando-se para ele, Chloe passou os braços ao redor do pescoço dele e puxou sua cabeça para baixo para beijá-lo.

Quando ele assumiu o controle, invadindo completamente sua boca, Chloe pensou no que a mãe e Lara tinham lhe dito.

Quando encontrar o homem certo, você saberá.

Ela afastou o pensamento da mente, sem conseguir lidar com a ideia de um futuro com Gabe. Não era o que ele queria. Não era o que ela queria. Mas Chloe não podia evitar pensar em como pareciam combinar e como Gabe a queria exatamente como ela era. Ele não queria mudá-la nem encaixá-la em algum tipo de molde da mulher que queria que ela fosse. Ela *era* a mulher que ele queria. Isso era tão inebriante que ela sentiu a cabeça flutuando nas nuvens.

— Não consigo fazer isto, Chloe — disse Gabe assim que afastou a boca da dela.

— Não consegue me beijar? — perguntou ela em tom inocente.

Ele a encarou com olhar predatório. — Não consigo ficar nu com você sem querer trepar até fazê-la gritar — respondeu ele de forma direta.

Chloe sentiu o sexo se contrair, mas aquele não era o momento dela. Era do homem que a encarava com tanto desejo que quase fez com que o coração dela explodisse.

A sensação dos jatos de água caindo sobre os dois corpos fez com que ela relaxasse. Ela se sentia tão bem naquela manhã que achou que conseguiria fazer qualquer coisa. — Então deixe que eu cuido disso — disse ela ao dar um passo atrás e correr as mãos pelo peito molhado dele.

— Chloe — advertiu ele.

— Não sei se será bom, mas deixe-me tentar, Gabe. — Ela ouviu a voz de James na cabeça, criticando a falta de habilidade dela de fazer sexo oral. Um segundo depois, ela afastou a voz.

Ele não era James.

Era Gabe e, se ela não conseguisse lhe dar prazer, ele lhe ensinaria.

De forma ousada, ela colocou os dedos em volta do pênis ereto. Ele era imenso e estava muito rígido. Chloe estremeceu ao senti-lo quando o vapor começou a embaçar o vidro do *box* do chuveiro.

— Ai, caralho, isso. Toque em mim, querida — pediu Gabe com um gemido.

Encorajada, ela ficou de joelhos, ficando frente a frente com o maior pênis que já vira. Ela saboreou a sensação ao correr a mão para cima e para baixo no pênis, louca para sentir seu gosto.

Ela lambeu lentamente a cabeça do pênis, gemendo suavemente ao sentir o gosto masculino na língua.

— Não me provoque, Chloe. Estou avisando — disse Gabe, deslizando a mão pelos cabelos molhados dela.

Ela sorriu ao abrir a boca, passando a língua ao longo da parte debaixo do pênis antes de colocá-lo entre os lábios. Ela não conseguiu colocá-lo todo na boca, mas fechou os lábios e chupou com força.

— Ai, caralho, vou morrer — disse Gabe com voz torturada.

Ainda não, mas espero que goze para mim.

Chloe começou a se mover de forma constante, aumentando o ritmo à medida que Gabe guiava sua cabeça, indicando exatamente o que queria.

Cada gemido que saía da boca de Gabe era como música para os ouvidos de Chloe, incentivando-a a continuar enquanto caía em uma fantasia surreal. Ele estava sentindo prazer e, se a resposta fosse alguma indicação, estava incrivelmente excitado.

Ele urgiu para que ela se movesse mais depressa e com mais força. Chloe se ajustou ao ritmo que ele definiu, fechando os olhos ao sentir um prazer sensual invadir seu corpo, uma satisfação que nunca sentira na vida.

Goze para mim, Gabe.

Apertando os lábios em volta do pênis, ela chupou com mais força, colocando a mão na base para aumentar o atrito e acariciar gentilmente os testículos.

— Caralho! Chloe, vou gozar! — gritou Gabe, apertando os cabelos dela.

Ele queria dar a ela uma chance de se afastar.

Porém, ela queria, precisava sentir o gosto dele.

No fim, ele cedeu ao orgasmo poderoso, gemendo ao derramar o sêmen na garganta dela.

Para Chloe, foi uma coisa eufórica. Ela engoliu rapidamente, ainda atônita por ele ter reagido com tanta paixão. Lambendo e chupando o pênis enquanto Gabe se recuperava, ela sorriu.

Eu consegui. E, com satisfação, ela percebeu que não conseguia mais ouvir a voz crítica de James na cabeça. Agora ela estava realmente livre do passado.

Ela deixou que Gabe a levantasse. Ele capturou seus lábios imediatamente, beijando-a como se não pudesse parar. Com as mãos nos ombros dele, ela retribuiu o beijo em um duelo de línguas.

— Isso foi incrível demais — disse Gabe ao levantar a cabeça e encostar a boca na orelha dela. — Você é tão linda, Chloe. Tão *sexy*.

Ela suspirou, sabendo que Gabe falava muito sério. Ela desejou poder fazer com que ele entendesse como era importante ouvir aquilo.

— Consegue sentar em um cavalo agora? — perguntou ela em tom provocante, lambendo levemente a pele no pescoço dele.

— Hmm... talvez por um tempo curto — respondeu ele ao deslizar a mão entre as pernas dela. — Não há muito o que eu possa fazer que seja melhor do que o que acabou de acontecer, mas acho que a minha mulher precisa de satisfação.

Chloe estremeceu quando Gabe circulou gentilmente o clitóris com o dedo, acariciando de leve.

— Você não precisa me fazer feliz, Gabe. Já estou feliz. — Era simples assim. Fazer algo por ele a deixara feliz.

— Gosto da minha mulher ainda mais feliz — resmungou ele em tom de brincadeira.

Ela soltou um gritinho quando ele esfregou com mais força o minúsculo feixe de nervos. — Estou bem. — A voz dela saiu fraca e nada convincente.

A verdade era que, quando Gabe a tocava, ela sempre queria mais.

Ele ignorou o protesto fraco dela e começou a trabalhar para que ela gozasse, tomando o cuidado para não fazer nada que pudesse irritar a pele já sensível.

Ele a fez gozar sem nenhuma dor.

Duas vezes.

Os dois estavam atrasados para o trabalho, mas tinham sorrisos maliciosos no rosto quando finalmente foram tomar o café da manhã.

Capítulo 10

Quanto tempo isso durará?

Gabe se torturou com a resposta àquela pergunta, enquanto tentava resistir à necessidade de procurar Chloe na casa de Lara e Tate. Ela quisera visitá-los depois do trabalho naquele dia e, apesar de Gabe não gostar da ideia, aceitara que não podia persegui-la como um maníaco todos os minutos do dia. Ele acabaria tão ruim quanto o ex-noivo maluco dela.

Ok, talvez não como *ele*. Gabe queria estar com Chloe porque era louco por ela, não porque quisesse machucá-la. E agora ele se preocupava com a felicidade e a segurança dela a cada minuto do dia. Queria que ela fosse tão feliz como ele estava no momento.

Chloe o deixava tão feliz que, quando terminasse, ele desmoronaria.

Não pense nisso agora. Pense em Chloe.

Naquele momento, tudo girava em torno da mulher que fazia com que seu peito doesse. Era uma dor estranha que ele não sabia se um dia desapareceria. Ela ria, sorria e estava *feliz*. Gabe sentia como se isso fosse sua maior conquista. Chloe nascera para ser doce e feliz. Qualquer outra coisa era inaceitável. A sensualidade dela era inerente. Ela não precisava fazer nada para deixá-lo de pau duro. Simplesmente acontecia imediatamente sempre que ele a via.

Era difícil para ele imaginar que algum homem quisesse mudá-la, deixá-la com vergonha de alguma parte de seu corpo.

No que dizia respeito a Gabe, ela não tinha defeitos. Agora que a verdadeira Chloe estava voltando, ela representava a perfeição.

— Tem um minuto? Eu estava procurando Chloe, mas a cozinheira disse que ela saiu. — A voz masculina veio da porta do escritório de Gabe no primeiro andar.

Ele levantou a cabeça dos papéis que não estava conseguindo ler e viu Zane Colter parado na entrada do escritório.

— Sim, não estou ocupado. Chloe foi até a casa de Tate e Lara. Deverá estar de volta em breve.

De todos os irmãos Colter, Zane era o que ele menos conhecia. Gabe era próximo de Marcus porque passara muito tempo com ele e Blake na infância. Blake era seu melhor amigo. Zane era o irmão mais novo, apenas um ano e meio mais velho que Chloe. Com cerca de trinta anos, ele já era conhecido por ter uma das melhores mentes científicas no mundo.

— Entre. — Gabe acenou para uma cadeira em frente à sua mesa. — E aí? Tem alguma notícia sobre Ellie? — Apesar de Gabe querer que Chloe soubesse o que acontecera com a amiga, também tinha receio de como ficaria pesarosa se o corpo fosse encontrado. Quando não havia notícias, ainda havia esperança.

Zane se sentou na cadeira sem cerimônia. — Não. Eu só queria ver como ela está. Vou ficar para o Dia de Ação de Graças. Decidi vir um pouco mais cedo.

Gabe observou com cuidado o homem quieto. Zane era o tipo de pessoa que guardaria tudo no peito, sem nunca entregar um segredo. Ele não tinha ideia de que Gabe já sabia sobre o aborto espontâneo de Chloe e tudo sobre o relacionamento dela com James. Portanto, Zane provavelmente achava que devia ser discreto. — Acha que ela está morta? — perguntou Gabe em tom direto.

Zane deu de ombros. Ele vestia um suéter quente, calça *jeans* e o que parecia ser um par de botas confortável. Na mente de Gabe, um pensamento rápido surgiu, de que Zane parecia exatamente o que era... um gênio da ciência. Ele gostou disso no irmão Colter mais novo.

— Não tenho certeza. Não consigo achar nenhuma prova de que esteja.

— Ainda está procurando?

Zane assentiu. — Sim. Chloe fez muita coisa no primeiro mês. Passou todos os dias indo a lugares sobre os quais Ellie falara, lugares aonde fora, mas não encontrou sinais dela. Fiquei com receio de que ela desabasse por causa da exaustão e do desespero. Eu disse a ela que, como chegara a um beco sem saída no meu projeto de pesquisa, continuaria procurando. Não encontrei muita coisa. Ellie tinha uma vida quieta. Além de Chloe, tinha poucos amigos, mas nenhum deles a viu desde seu desaparecimento. Estudei os hábitos dela, mas não há nada fora do comum.

— Como alguém simplesmente desaparece sem deixar uma pista do que aconteceu? — resmungou Gabe. — É de se pensar que alguém saiba de alguma coisa.

— Alguém sabe, mas não está falando — argumentou Zane.

Gabe estreitou os olhos. — Você suspeita de alguma coisa.

— Instinto, sim, mas não tenho provas — respondeu Zane calmamente.

— James? — Gabe estava convencido de que aquele idiota era capaz de praticamente qualquer coisa e era por isso que ficava nervoso sempre que Chloe saía de sua propriedade. Ele queria que ela tivesse liberdade, mas também se preocupava que Chloe encontrasse James.

— Sim. Mas não há nenhum motivo real para acreditar que seja ele.

— Eu acredito. Ele torturou tanto Chloe que ela está demorando muito para voltar ao normal — disse Gabe sem pensar.

— Eu sei — respondeu Zane com a voz cheia de pesar. — Não estávamos lá para dar apoio a ela. Não sei por que nenhum de nós viu o que estava acontecendo.

— Porque ela não queria que vissem. Estava com vergonha. Escondeu muito bem. Bem demais. — Não havia motivo para que Zane se culpasse. James saíra da vida de Chloe e *ninguém* vira a verdade *real*.

— Você sabe de tudo? — perguntou Zane em tom direto.

Gabe assentiu. Ele e Zane eram aliados e o irmão de Chloe estava tentando encontrar pistas de onde Ellie estava. Ele não se importou em confirmar as suspeitas de Zane.

— Se você a magoar, eu mesmo o matarei — advertiu Zane em tom feroz.

Gabe ergueu a mão. — Não pretendo magoá-la. Estou tentando ajudá-la. Ela gosta de trabalhar aqui e está feliz.

— Eu sei. Falo com ela pelo telefone todos os dias. Foi um dos motivos pelos quais eu quis visitá-la. Ela parece... melhor. — A expressão assassina sumiu do rosto de Zane, substituída por preocupação. — Mas não tenho certeza se ela está pronta para outro relacionamento.

— Acho que você precisa deixá-la decidir o que quer e o que não quer — retrucou Gabe em tom racional. — Ela passou anos sob o jugo de outro homem. Não faça com que ela viva nas sombras novamente porque tem medo de que vá se magoar.

O olhar de Zane encontrou o de Gabe. Os olhos dele eram cinzentos como o de Chloe, o que fez com que Gabe suavizasse em relação ao outro homem. Zane queria que a irmã ficasse curada e encontrasse paz. Gabe não podia culpar o cara por se preocupar.

— Quero que ela seja feliz. Não importa como — admitiu Zane. — Só não quero que ela se queime de novo.

— Se serve de consolo, ela me disse que está me usando — disse Gabe em tom sério. — É mais provável que eu me queime nessa história toda. Eu gosto da sua irmã. Não há nada que eu não daria para vê-la feliz.

Zane ficou em silêncio por um momento e, em seguida, respondeu: — Acredito em você. Ela parece melhor. Só mantenha as coisas assim.

Gabe sorriu. — É o que pretendo fazer. Vou chorar com uma cerveja quando ela me chutar. — Apesar de a intenção daquela declaração ser de fazer com que Zane tivesse mais certeza sobre ele, Gabe receava que havia muita verdade por trás de suas palavras.

— Antes você do que ela — retrucou Zane com um sorriso leve no rosto sério.

— Há algo que eu possa fazer para ajudar a procurar Ellie? Tenho um jatinho e um helicóptero, se precisar — ofereceu Gabe.

— Eu também tenho. A busca aérea não revelou nada. Estou mais ou menos patinando agora. A polícia fica cada vez menos interessada no caso à medida que o tempo passa. Não estou dizendo que não se importam, mas tenho a sensação de que acham que uma busca extensa é inútil agora.

— O que *você* acha? — perguntou Gabe curioso, perguntando-se por que Zane não queria desistir.

— Acho que, se eu for teimoso o suficiente, encontrarei uma forma de chegar à verdade. Ellie merece isso.

— Você está vigiando James. Foi por isso que veio mais cedo para o Dia de Ação de Graças — concluiu Gabe.

Zane assentiu devagar. — O máximo possível. Em algum momento, ele entregará alguma coisa. A maioria dos sociopatas entrega. Ele quer fama e glória. Quer ser notado. É a ideia dele de vitória.

O respeito de Gabe por Zane Colter aumentou um pouco. Ele não podia deixar de admirar a tenacidade e a paciência do homem. Pessoalmente, Gabe queria matar James pelo que fizera com Chloe. Ele não sabia se conseguiria ver o idiota de novo sem bater a cabeça dele contra o chão.

— Você sabe onde procurar se precisar de alguma coisa — disse Gabe a Zane com sinceridade.

— No momento, estou só esperando até que alguma coisa aconteça. Eu me sinto um merda sabendo que há uma mulher por aí que precisa de ajuda e não consigo encontrá-la. Sempre gostei de Ellie — admitiu Zane. — Ela é uma boa pessoa.

Gabe não diria a ele que eram grandes as chances de que Ellie estivesse morta. Ele provavelmente já sabia disso. Zane não era muito mais velho que Chloe e obviamente conhecia bem a melhor amiga da irmã. Para um cientista, ele parecia muito estressado com a história toda. Se Zane queria continuar a ter esperança, Gabe não o impediria. Mas sabia que seria preciso um milagre para encontrar Ellie viva. Havia algumas poucas possibilidades que fariam com que isso fosse possível.

— Ela era a melhor amiga de Chloe. Tenho certeza de que era uma boa pessoa. — Gabe não conseguia ver Chloe tendo uma amiga por tanto tempo que não fosse tão doce como ela.

— Chloe não quer falar com os meus irmãos sobre o relacionamento dela com James, mas acho que deveria — comentou Zane. — Se alguém na cidade estiver envolvido com o desaparecimento de Ellie, acho melhor que eles saibam a verdade. Todos eles têm muito poder e qualquer um pensaria duas vezes antes de pisar nos calos deles.

Gabe pensara a mesma coisa. Ele preferia que a família inteira soubesse do abuso que Chloe sofrera para que estivessem alertas. Se soubessem, James provavelmente nunca mais chegaria perto dela.

— Concordo. Mas teríamos que convencer Chloe. Ela não quer falar mais no assunto. Só quer seguir a vida.

— Eu entendo o motivo, mas acho que é importante. Meus irmãos vão querer matá-lo, como eu, mas acho que conseguem lidar com a situação sem assassinato. Blake tem que lidar com a carreira política e Marcus não fica muito aqui. Tate ficará furioso, mas ele é mestre em manter a calma quando precisa.

— Vou deixar que Chloe decida — Gabe respondeu. — Mas direi a ela por que achamos que deveria contar tudo.

— Acho melhor eu ir para a casa. Não me lembro, mas acho que deixei a casa em uma confusão — comentou Zane ao coçar a cabeça.

— Você não lembra? — Gabe ficou curioso. — Quanto tempo exatamente faz que você esteve lá?

— Fiquei lá por algum tempo quando Ellie desapareceu, mas tenho a tendência de esquecer coisas que não são importantes quando estou perto de uma descoberta científica. Eu estava animado na época, mas a minha teoria não deu certo.

O cara pareceu tão desanimado que Gabe disse: — Lamento. Tenho certeza de que foi seu primeiro erro.

— Não. A ciência é sempre tentativa e erro. Vou conseguir em algum momento.

— Não tem alguém que limpe sua casa enquanto está fora?

Zane balançou a cabeça negativamente. — Eu ia contratar alguém, mas esqueci.

— Conheço algumas pessoas. Vou providenciar para que cuidem da sua casa e ficarei de olho enquanto estiver longe — ofereceu Gabe.

— Obrigado — disse Zane, parecendo aliviado.

— De nada. — Gabe conhecia muitas pessoas que ficariam felizes com um emprego como aquele. Um homem tão inteligente como Zane não podia ser *tão* desorganizado.

Zane se levantou da cadeira e começou a andar na direção da porta — Dê um abraço em Chloe por mim. E diga a ela que a amo.

Gabe assentiu, com um nó na garganta ao ouvir Zane dizer como gostava da irmã. Ele engoliu em seco antes de responder: — Avise se precisar de alguma coisa.

— Eu queria que *ele* fizesse algo que me ajudasse. Estou acostumado com observação, mas este caso é pessoal. Alguma coisa aconteceu com Ellie e preciso descobrir o que foi, bem como o motivo. Ela não teria simplesmente fugido. Não é da personalidade dela — resmungou Zane.

Gabe se levantou para acompanhá-lo até a porta. — Como ela era? — perguntou ele ao subir a escada. Ele conversara com Chloe sobre a amiga dela, mas nunca entrara em detalhes. Tinha receio de que talvez fosse doloroso demais para ela falar no assunto agora.

Zane ficou em silêncio por um momento e Gabe não tinha certeza se ele responderia. Finalmente, ele disse: — Doce. Muito organizada. Incrivelmente inteligente. Mas era muito teimosa. Ela poderia ter feito qualquer coisa na vida, mas decidiu não fazer faculdade e ajudar a mãe, encontrando um emprego logo depois de se formar no colégio. Eu queria ajudá-la, mas ela se recusou a aceitar qualquer ajuda financeira minha ou de Chloe. Quando a mãe dela se casou de novo e ficou financeiramente estável, Ellie achou que era tarde demais para fazer faculdade. Ela permaneceu em um emprego sem futuro porque era seguro. Provavelmente, trabalhar para James como gerente do escritório pareceu um grande passo. Mas acabou sendo o fim dela.

— Não sabemos disso — relembrou Gabe. Os dois pararam ao chegarem à porta da frente.

— Acho que sabemos — retrucou Zane, parecendo furioso. — Mas eu vou encontrá-la, nem que signifique apenas trazer o corpo dela de volta para Rocky Springs. Ela adorava este lugar. Este é o lugar dela.

Gabe deu um tapinha nas costa dele, sentindo-se um pouco culpado por torcer para que o corpo não fosse encontrado, pois isso seria doloroso para Chloe. Ele não conhecera Ellie, mas agora que sabia o quanto Zane queria trazê-la de volta para casa, Gabe também queria o mesmo. Provavelmente seria o melhor para encerrar o caso para todo mundo, incluindo Chloe, Zane e a família de Ellie. — Boa sorte.

Zane saiu depois de acenar com a cabeça. Gabe fechou a porta atrás dele.

Se James era o responsável pelo desaparecimento ou pela morte de Ellie, Zane descobriria. O irmão de Chloe era determinado e estava furioso, duas coisas muito poderosas quando eram misturadas.

Apesar de ter falado sobre o poder que Tate, Marcus e Blake tinham, Zane tinha a mesma influência. Ele era o melhor em sua área e muito conhecido por praticamente qualquer pessoa que estudasse ciência. Ele também era incrivelmente rico e conhecia as mesmas pessoas que os irmãos.

Gabe olhou para fora da janela, notando que já estava escuro. Ele desejou que Chloe voltasse para casa, pois ficava inquieto quando ela estava sozinha na cidade depois de escurecer.

Incapaz de se conter, ele pegou o celular do bolso e mandou uma mensagem.

Estou com saudades de você.

Ele esperou uma resposta com o coração acelerado.

Também estou com saudades de você. Estou indo para casa.

Gabe soltou um suspiro de alívio, feliz por ela estar segura e por considerar o rancho como sua *casa*.

Capítulo 11

— Merda!

Chloe xingou alto ao sentir o volante puxar para o lado. Um dos pneus estava furado ou esvaziando muito depressa.

Ela reduziu a velocidade na estrada desolada que saía da cidade e levava ao Rancho Walker, furiosa consigo mesma porque sabia que teria que chamar Gabe. Ela tivera um pneu furado algum tempo antes e não se dera ao trabalho de substituir o estepe. Ela perdera a roda e o pneu quando estivera procurando Ellie e esquecera completamente de comprar um conjunto novo.

Vou levar uma bronca de Gabe.

Chloe sorriu, sabendo que não seria uma bronca, mas mais um sermão sobre como tinha que cuidar da própria segurança. Gabe se preocupava mais com *ela* do que com a forma como se comportava. Dali em diante, ele verificaria a caminhonete dela regularmente e provavelmente se culparia por não ter feito isso antes.

Somente Gabe culparia *ele* mesmo pela falta de cuidado *dela*.

Ela reduziu a velocidade com cuidado e foi para o acostamento, saindo da estrada... não que houvesse muitos carros àquela hora.

Quando se saía da cidade, as áreas ao redor eram esparsamente povoadas.

Ela desligou o veículo, inclinou-se sobre o banco do passageiro e abriu o porta-luvas, procurando a lanterna.

— Achei — disse ela em triunfo ao fechar os dedos em volta da lanterna.

Saindo da caminhonete, ela deixou a porta do motorista aberta para aproveitar a luz extra. Em seguida, foi primeiro até a frente do veículo. O pneu no lado do motorista estava normal, mas o do lado do passageiro estava furado.

Xingando-se novamente por não ter um estepe, ela se resignou a telefonar para Gabe para buscá-la. Ela poderia telefonar para Tate. Acabara de sair da casa do irmão e sabia que ele e Lara ainda estavam acordados. Mas Gabe estava mais perto e, por algum motivo, ele era a opção número um de para quem ligar em caso de problemas.

Era engraçado como ela passara a gostar do apoio dele, sabendo que realmente *desejaria* que telefonasse para ele. Gabe não faria com que ela se sentisse um incômodo ou que o estivesse atrapalhando. Na verdade, ele viria simplesmente porque... se preocupava.

Ela mal sabia como lidar com alguém como Gabe, mas estava aprendendo. A afeição e a bondade dele significavam muito para ela.

É assim que um relacionamento normal deveria ser.

Como não tivera ninguém *normal* em sua vida no que dizia respeito aos homens, a diferença entre Gabe e seu ex era um contraste assustador.

— Mas é tão bom — sussurrou Chloe para si mesma ao andar até a porta da caminhonete e saltar para o banco. Em seguida, pegou o celular para telefonar para Gabe.

O telefone tocou apenas uma vez antes que ele atendesse.

— Chloe. Onde você está? — O cumprimento dele foi abrupto e cheio de preocupação.

— Na estrada — confessou ela. — Um pneu furou e esqueci de arrumar o estepe.

Ela ouviu quando ele começou o sermão, sorrindo porque conseguia ouvir o barulho de Gabe calçando as botas enquanto falava ao telefone.

— Estou perto — disse ela calmamente. — Se não soubesse que você ficaria chateado, eu teria caminhado até o rancho. Tenho uma lanterna. — Ela deu a ele uma indicação de onde estava na estrada.

— Você não está tão perto assim — rosnou Gabe. — Não saia de onde está. Chegarei logo.

Ela queria dizer a ele que crescera em Rocky Springs, que andara sozinha pelos bosques muitas vezes na juventude, mas Gabe estava ocupado demais xingando a si mesmo por não garantir que Chloe estivesse segura.

— Gabe, você não é responsável por eu ter feito uma coisa idiota — lembrou ela. — E a minha segurança não é obrigação sua.

— Bobagem! — As palavras dele explodiram no telefone: — Passou a ser da minha conta porque eu quero. Não quero nunca mais pensar em você perdida em algum lugar.

Ela ouviu o som de uma porta sendo fechada e ficou evidente que ele corria para o carro. Sua suposição foi confirmada quando ela ouviu o barulho do motor sendo ligado.

— Não se apresse. Estou bem — pediu Chloe, preocupada que ele dirigisse feito um louco.

— Não desligue. Fale comigo até eu chegar — exigiu Gabe.

— Há uma área sem sinal perto do meio do caminho até a sua casa. A ligação vai cair.

— Merda, então...

A voz de Gabe sumiu e a ligação caiu.

— Obviamente, ele encontrou a área sem sinal — murmurou Chloe para si mesma, apertando o botão *Desligar* no telefone.

Era engraçado que Gabe nunca tivesse notado que as ligações caíam quando ele chegava ao meio da estrada que levava à casa dele. Havia várias áreas sem sinal fora da cidade. Isso acontecia muito no meio das Montanhas Rochosas. Ela notara pela primeira vez quando estivera conversando com a mãe pelo telefone no caminho para o primeiro dia de trabalho. Acontecera novamente quando telefonara para Lara recentemente.

Ela viu um carro parar atrás do dela. Quase certa de que provavelmente era a polícia da área ou alguém de Rocky Springs que ofereceria ajuda, ela não ficou alarmada. Em uma área rural como aquela, quase todos paravam para ajudar os outros.

Ela saiu do carro, pronta para dizer ao bom samaritano que já havia ajuda a caminho.

Infelizmente, ela percebeu tarde demais que seu salvador não era um bom samaritano.

Era James e ele não perdeu tempo para prendê-la contra o carro, pegando-a de surpresa e batendo-a com força contra o metal. Ele segurou os cabelos dela com muita força e usou o corpo para mantê-la imóvel.

— Olá, Chloe. Eu lhe disse que não estava terminado. Você não acreditou em mim? — A voz dele parecia ligeiramente maníaca. Ela viu o rosto mal iluminado dele se transformar em uma expressão maligna.

— O que você está fazendo aqui? O que você quer? — perguntou ela com voz hostil. Ela estava assustada, mas não demonstraria o medo. Depois de passar anos sob o jugo dele, ela estava cansada de se preocupar com o que James queria.

— Quero que você se case comigo. Você sabe que quer. Isso já está ficando chato. — Ele puxou os cabelos dela com força.

Chloe gritou, sem conseguir reprimir o som quando ele agarrou seu pescoço com a outra mão.

Naquele momento, ela viu os olhos dele de relance quando ele virou a cabeça ligeiramente e a luz do interior do carro iluminou seu rosto.

Chloe sentiu um arrepio gelado na espinha ao ver a expressão dele, um rosto que ela tinha certeza absoluta de que poderia causar mais do que apenas dor.

Ele quer me matar.

Ela estremeceu sob as mãos dele, olhando para olhos mais gelados que a Antártida. James não tinha humanidade. Era um sociopata completo.

— Não vou me casar com você. Nem agora nem nunca — disse ela, esforçando-se para respirar quando ele apertou a mão ainda mais em volta de seu pescoço.

Ela se moveu rapidamente, como Lara lhe ensinara, deixando o corpo mole por um momento para que James baixasse a guarda. Ele hesitou e deu um passo atrás o suficiente...

Chloe usou todas as forças que tinha e deu uma joelhada em sua virilha. Ao mesmo tempo, arranhou os olhos dele, desejando poder arrancar os globos oculares de seu rosto. Ela usou a raiva para lutar, sem ter misericórdia quando ele recuou com um grito alto.

— Gabe Walker está a caminho. Sugiro que vá embora e não se meta mais comigo. — Ela ofegou ao usar o pé para chutar o traseiro dele quando ele se virou, segurando os órgãos genitais.

— Sua filha da puta! — gritou James em tom maníaco. — Isso não acabou. Espere até amanhã. Você receberá um pacote meu. Tenho uma cópia do que vou enviar e arruinarei toda a sua maldita família. Ou você se casa comigo ou destruirei a vida de cada um dos membros da sua família.

Chloe ainda tinha a respiração pesada quando James viu os faróis à distância. Ele ainda cobria os testículos ao mancar de volta para o carro.

— Você pagará por isso, Chloe. — A voz dele era ameaçadora, cheia de desejo de vingança.

— Já paguei — murmurou Chloe para si mesma quando James arrancou do local onde parara atrás da caminhonete dela, quase atingindo-a.

Ela viu o carro caro fazer o retorno e voltar na direção de Rocky Springs. Os faróis distantes no sentido oposto ficaram mais próximos.

Respirando fundo várias vezes, Chloe tentou se acalmar.

O que James quisera dizer sobre arruinar sua família? Como poderia fazer isso? Todos tinham dito que não era nada demais terminar um noivado. E realmente não fora. Alguns jornais tinham especulado para ver se havia algum escândalo. Porém, não encontraram nada e os poucos que tinham estado interessados rapidamente foram atrás de algo maior.

— Relaxe. Ele não pode mais machucar você — sussurrou ela, consolando-se.

Ela observou quando as luzes em aproximação passaram por uma irregularidade na estrada e pararam depois de fazer o retorno para estacionar atrás do seu carro.

Gabe.

Ela correu até o carro dele e jogou-se sobre Gabe no instante em que ele saiu.

Ele a pegou e passou os braços firmemente em volta de sua cintura.

— Ora, adorei a recepção, querida. Acho que eu gostaria de resgatar você com mais frequência — disse ele em uma voz que tinha tanto preocupação quanto um pouco de humor. — Mas, para isso, você teria que estar com problemas e eu odiaria isso.

— Senti saudades de você — disse ela, abraçando o corpo quente e forte dele com todas as forças e apoiando a cabeça no peito enorme.

— Também senti saudades de você. Está tudo bem?

Ela o abraçou com força e passou os braços em volta do pescoço dele. Chloe não contaria a ele sobre James e sua perseguição. A última coisa que queria era que seu doce Gabe se envolvesse em seus problemas. Ela tinha a sensação de que, se procurasse bem, encontraria um pedaço de metal ou outro objeto que furara o pneu intencionalmente. James preparara tudo. Ela sabia disso, além da forma nada surpreendente com que ele agira ao encontrá-la.

Filho da puta!

— Estou bem — sussurrou ela no ouvido dele. — Estou sempre bem quando estou com você.

— Está frio. Entre na caminhonete. — Gabe pareceu não gostar de soltá-la, mas afastou-se e foi abrir a porta do passageiro para ela.

Antes que Gabe pudesse levantá-la, Chloe segurou a maçaneta da porta e saltou para o banco, usando o estribo como apoio. Ela precisava de alguns minutos no escuro para se recompor, para reassumir o controle das emoções.

Ele fechou a porta cuidadosamente depois que ela estava sentada no banco. Ele foi até a caminhonete dela, pegou as coisas sobre o banco, incluindo o celular de Chloe, trancou a porta e guardou a chave no bolso.

Só de estar com Gabe fez com que ela se sentisse segura. Ela sorriu para ele quando Gabe entrou na caminhonete, entregando-lhe a bolsa e o celular.

— Você deveria ter vestido um casaco — resmungou ele, fechando a porta e deixando o interior do veículo no escuro.

Depois de ligar a caminhonete e colocá-la em movimento, Chloe disse em tom suave: — Obrigada. Não ter um estepe foi idiota.

— Eu ia querer que você me telefonasse mesmo assim — respondeu Gabe ao manobrar o carro para a estrada. — Aqueles pneus são grandes demais para você trocar sozinha. Cuidarei da sua caminhonete amanhã de manhã.

O coração de Chloe ficou apertado ao ouvir o tom protetor na voz dele. A verdade era que ela lidara sozinha com o último pneu furado. Nem mesmo pensara em telefonar para James. Fora uma luta, mas ela conseguira.

— Você é incrível. Sabe disso, certo? — perguntou ela baixinho.

— Querida, trocar um pneu para uma mulher não é nada demais.

É muito importante para mim. É muito importante que você se importe com a minha segurança e que não queira que eu me esforce. É realmente muito importante para mim que você se importe.

— Coisas pequenas significam muito — respondeu ela com sinceridade, sabendo exatamente o quanto elas contavam.

— Se acha isso, não vou discutir. Faço qualquer coisa para que goste mais de mim — disse Gabe em tom de brincadeira.

Chloe sorriu no escuro, maravilhada com a forma como Gabe conseguia rapidamente deixar tudo certo de novo.

Ela tentou não pensar em James e no olhar de pura maldade nos olhos dele. O que teria acontecido se ela tivesse se casado com ele? Ele a queria pelas coisas materiais que poderia lhe dar. Todos os irmãos dela tinham insistido para que ela fizesse um acordo pré-nupcial, mas Chloe recusara porque James não o queria. Ele dissera que era um sinal de que ela não confiava nele. Agora, ela sabia que deveria ter dado ouvidos aos irmãos. Quando mudara de ideia e achara que seria bom ter um acordo pré-nupcial, já decidira que não se casaria com James.

Os olhos de Chloe estavam bem abertos agora e ela não tinha dúvidas de que ele providenciaria para se livrar dela depois dos votos do casamento. A julgar pela expressão nos olhos dele, talvez ele mesmo tivesse feito isso para ter controle total do dinheiro dela.

Meu Deus, odeio pensar assim, mas agora sei que é possível.

Ela não mentiria mais para si mesma. James era um oportunista que se aproveitara de sua ingenuidade. Ele sistematicamente minara sua autoconfiança porque ela já tinha problemas com o peso. Cada palavra, cada crítica, por mais sutil que fosse, fora uma tentativa de reduzir a autoestima dela cada vez mais. Mais tarde, os comentários dele tinham sido abertamente cruéis. Ele enterrara a faca o mais fundo possível, fazendo com que ela sentisse que nenhum outro homem a amaria... não que *ele* a amasse.

Ela entendia tudo tão racionalmente... agora. Natalie lhe dissera que achava que James era um sociopata perigoso depois que Chloe contara alguns dos incidentes realmente ruins que não contara a mais ninguém.

Depois de ver James naquela noite, Chloe sabia que Natalie tinha razão.

— Ei, por que está tão quieta? — perguntou Gabe com voz rouca.

— Só estava pensando — respondeu ela com sinceridade.

— Sobre?

— Sobre como tenho sorte de ter você como professor — respondeu ela em tom provocante. Era cada vez mais difícil pensar em Gabe apenas como um aprendizado ou como um caso, como tinham concordado.

— Está pronta para se formar? — Ele soou preocupado.

Chloe não queria deixar Gabe nunca. Ela já sabia disso. Tivera sorte suficiente de encontrá-lo e não queria deixá-lo. Infelizmente, ela fizera o acordo para ajudar na sua cura e ele já ajudara. Agora, ela teria que arcar com as consequências. — Claro que não. Acho que ainda sou iniciante e tenho muito a aprender. Mas talvez você possa me colocar em uma série mais avançada. — Ela manteve a voz intencionalmente baixa e provocante. Se o relacionamento íntimo que tinha com Gabe fosse terminar em algum momento, ela queria passar por todas as experiências.

— Querida, se eu lhe ensinar muito mais, não vou sobreviver. Você já é perfeita, para lhe dizer a verdade. Sempre foi. — A voz dele soou vulnerável.

Chloe estendeu a mão para colocá-la sobre a coxa dele, sentindo a necessidade de tocá-lo. — Achei que você gostava de mandar no quarto.

Até o momento, ele fora exigente, mas ela estivera com medo demais para confiar totalmente nele, para se soltar completamente e segui-lo. Ela sabia que ele também nunca perdia o controle. Ainda era cuidadoso, o que não era mais necessário.

— Querida, não posso...

— Que pena — interrompeu ela pensativa. — Achei que poderia ser bem intenso.

— Achou? — Parecia que a respiração de Gabe ficara pesada.

— Achei — admitiu ela, adorando a ideia de Gabe exigir sua submissão no quarto. Aquilo a deixava excitada. Ele já era um amante exigente, mas ela adoraria ficar totalmente à sua mercê. Era uma medida de confiança e ela *confiava* nele. Ele faria com que fosse a maior experiência de prazer imaginável. — Quero ser sua — acrescentou ela em tom enigmático.

— No que me diz respeito, você já é — murmurou ele.

— Então me mostre. — Ela subiu a mão pela coxa dele e gentilmente segurou o pênis que já tentava soltar os botões da calça.

— Chloe. — A voz dele saiu estrangulada.

— Eu quero você, Gabe. Quero tudo que você é, tudo o que sente por mim. — Ela usou os dedos para provocá-lo sobre o tecido da calça.

— Talvez você lamente — retrucou ele com voz rouca.

— Quero fazer você gozar — insistiu ela.

— Isso é certo — retrucou Gabe.

— Da forma como quiser — acrescentou ela. — Da forma como precisar.

— Caralho! Você vai pagar por me provocar desse jeito, querida — disse ele.

Quantas vezes ela ouvira ameaças similares de James? Mas o ex estava muito longe da mente dela. Ouvir aquilo da boca sensual de Gabe era mais uma promessa de êxtase. A dor era a última coisa na mente dele.

— Estou contando com isso. — Ela o apertou por cima da calça.

— Eu sinto demais. Tenho medo de machucar você se não me controlar — admitiu Gabe em tom infeliz.

A vulnerabilidade dele a deixou com o coração apertado. –– Eu quero. Quero tudo — respondeu ela com simplicidade. — Eu me entregarei completamente a você se fizer o mesmo comigo.

— Combinado. — A palavra saiu da boca dele instantaneamente.

Chloe não queria mais nenhum joguinho. Gabe adorava o corpo dela e ela deixaria que ele o tivesse.

Capítulo 12

Gabe cedera no momento em que Chloe lhe dissera que estava disposta a lhe dar tudo. Era óbvio que ele queria aquilo mais do que jamais quisera alguma coisa.

Ele era sexualmente dominante. Era algo que Gabe sempre aceitara. Ele não gostava de dor nem clubes destinados a homens dominantes. As necessidades dele eram simples. Ele gostava de estar no controle e apreciava uma mulher que o deixava ganhar na maior parte do tempo. Estranhamente, o desejo dele de adorar Chloe, de ajudá-la a superar os medos, fora maior do que a preferência normal de mandar. Mas a ideia de uma Chloe disposta era quase demais.

Não se segurar como ele fizera desde que tocara nela pela primeira vez o deixava insuportavelmente excitado.

E também o deixava muito assustado.

Ele sentia demais, queria marcá-la como dele com uma ferocidade que nunca sentira antes.

— Estou sob o seu comando — disse Chloe em voz sedutora quando chegaram ao quarto dele.

Ele fechou e trancou a porta, virando-se para ver o olhar sedutor e sonhador no rosto dela, que o encarou ansiosa.

Foi demais para Gabe. Naquele momento, ele perdeu o controle.

Ela observou quando Gabe andou até uma cadeira confortável e sentou-se, encarando-a. — Tire a roupa — ordenou ele. — Tire tudo exceto a calcinha. Agora.

Chloe sentiu uma onda de calor invadir seu sexo ao ouvir o tom na voz dele, mas não sentiu um segundo sequer de medo. Os olhos dele lhe diziam algo diferente. Os olhos dele estavam loucos para vê-la nua, para tocá-la.

Ela o observou enquanto removia as roupas lentamente. Primeiro foi o suéter, depois o sutiã. O calor nos olhos cor de jade de Gabe foi inconfundível quando ela libertou os seios e deixou o sutiã cair no chão.

— Você se dá prazer, Chloe? — perguntou Gabe em tom direto ao se recostar na cadeira.

— De vez em quando — respondeu ela com sinceridade ao remover a calça *jeans,* chutando também as meias para longe.

— Mostre-me — disse ele com voz insistente. — O que você faz?

A experiência era diferente, mas ela fez o que ele pediu, segurando os seios e brincando com os mamilos já dolorosamente rígidos.

O corpo dela já estava tão excitado que ela sentiu convulsões em seu sexo ao colocar uma das mãos dentro da calcinha e deslizá-la pelo calor úmido entre as dobras.

— Tire a calcinha agora — instruiu Gabe. — Quero ver você.

Ela empurrou a calcinha pelas pernas, estremecendo ao sentir o tecido sedoso na pele sensível das coxas.

— Continue — comandou Gabe.

Chloe não conseguiria parar. O calor nos olhos dele foi demais para ela quando seus olhares se encontraram. Ela brincou com os mamilos usando uma das mãos enquanto deslizava a outra entre as coxas, abrindo as pernas um pouco para ter melhor acesso à boceta.

Naquele momento, ela preferiria ter o pênis de Gabe dentro de si, mas aquele momento não era para Chloe. Era para ele.

O calor se espalhou por todo seu corpo quando ela viu os olhos brilharem como fogo ao observá-la dando prazer a si mesma.

— Está molhada, Chloe?

— Sim — murmurou ela, colocando mais pressão sobre o clitóris.

— Pare — ordenou ele. — Venha para mim.

Ai, meu Deus. Como posso parar agora? Ela estava perto, tão perto...

— Eu disse para parar. — Gabe não gritou, mas não foi preciso. A exigência na voz dele vibrou pelo quarto.

Chloe parou, afastando as mãos do corpo de forma dolorosa. — É difícil — gemeu ela ao andar até a cadeira dele.

— Vai deixar seu orgasmo mais doce quando eu fizer você gozar — explicou Gabe com a voz mais gentil.

Por favor, que seja logo. Chloe estava tão excitada que mal conseguia respirar.

Gabe se levantou e tirou a camiseta, jogando-a no chão. Em seguida, foram a calça *jeans* e a cueca. Quando ele estava completamente nu, Chloe automaticamente estendeu a mão para tocá-lo.

— Não — rosnou ele. — Não toque em mim.

Ela sentiu um desapontamento profundo, mas manteve as mãos nos lados do corpo. Ele acenou para que ela fosse para a cama, mas não fez com que subisse nela. Ele colocou as mãos dela na beirada do colchão.

— Você sabe como é observar quando dá prazer a si mesma? — perguntou ele, passando a mão nas costas dela.

— Não.

— Foi lindo vê-la ficar excitada, mas eu queria tocar em você. Quando vejo o desejo nos seus olhos, a única coisa em que consigo pensar é em satisfazer você, Chloe. — A mão dele se moveu entre as coxas dela, mergulhando entre as dobras escorregadias e no calor ardente de seu sexo.

Ele estava diretamente atrás dela. Chloe gemeu quando um dos dedos dele passou sobre o clitóris latejante.

— Quero que goze com tanta força que não consiga pensar em mais nada, exceto em mim. — O dedo dele deslizou sobre o feixe de nervos com um pouco mais de força.

— Ai, meu Deus. Por favor, faça com que eu goze — implorou Chloe, pronta para fazer qualquer coisa para parar a necessidade dolorida que fazia seu corpo todo tremer.

— Do que você precisa, querida? Diga-me. — Ele usou as duas mãos, molhando um dedo nos fluidos dela e, em seguida, deslizando-o perto do ânus. Ao mesmo tempo, provocava a boceta com a outra mão.

— De você. Só de você — respondeu ela, soltando um gritinho quando o dedo dele deslizou gentilmente para dentro de seu ânus.

— Gosta disso?

Chloe sabia que ele estava perguntando se ela gostava de sexo anal. Ela não gostava e não havia nada que a deixava mais aterrorizada do que a ideia de ser machucada dessa forma. Ela tentou acalmar a mente, concentrando-se em como Gabe a fazia se sentir, para impedir que entrasse em pânico. Ela *gostava* da forma como ele deslizava gentilmente o dedo para dentro do buraco apertado naquele momento. Entre aquela ação e os dedos provocantes em sua boceta, ela estava pronta para gozar.

— Está gostoso. Mas não suporto sexo anal. Dói. — Com um homem grande como Gabe, provavelmente seria uma dor insuportável.

— Não é algo que possa acontecer sem que esteja pronta. É claro que doeria — disse Gabe em tom duro. — Caralho, ele machucou você assim?

Subitamente, ela não se importou com as experiências do passado e não conseguiu responder imediatamente a Gabe. Chloe sentiu o coração disparar e o corpo começar a ficar tenso. O que Gabe fazia com ela estava deixando-a louca. Ela esqueceu o passado e concentrou-se no prazer que sentia naquele momento, que era intenso. — O passado não importa — gemeu ela, falando muito sério. — Ai, meu Deus. Gabe. É tão gostoso. Não aguento mais.

Em um movimento ágil, Gabe deitou na cama, puxando-a com ele. Mais uma vez, o orgasmo iminente lhe foi negado e ela gemeu desapontada.

— Preciso trepar com você, Chloe. Agora — exigiu ele, posicionando o corpo sobre o dela. — Abra-se para mim. Vou fazer com que goze.

Chloe abriu as pernas, desesperada para tê-lo dentro dela.

— Diga que me quer. Diga que me pertence — rosnou Gabe ao prender as mãos dela sobre a cabeça.

Por um instante breve, Chloe entrou em pânico. Gabe a tinha completamente à sua mercê e o primeiro pensamento foi de lutar para se soltar.

Ofegante, ela abafou o instinto de tentar se soltar. — Eu quero você. Tanto que chega a doer.

A boca de Gabe desceu sobre a dela e Chloe derreteu completamente. Aquele era Gabe. Aquele era o gosto de Gabe. Cada investida da língua dele a lembrava de como ele a queria, de como precisava dela naquele momento.

A sensação de estar presa por ele à cama ficou cada vez mais excitante à medida que o abraço dele exigia, a boca invadia e a língua imitava o ato do que Gabe queria fazer com o pênis, entrando e saindo com uma sensualidade implacável que Chloe imploraria para que a possuísse se estivesse com a boca livre.

O corpo inteiro de Chloe estava em chamas quando ele interrompeu o beijo. Ela virou a cabeça de um lado para o outro. — Por favor, por favor, trepe comigo agora. Eu quero você, Gabe. Preciso de você.

— Passe as pernas em volta de mim. — A voz dele saiu baixa e rouca.

Ela obedeceu, tentando puxá-lo para mais perto.

— Você fica tão linda quando está assim, cheia de desejo — disse Gabe antes de se posicionar e penetrá-la com uma investida forte.

Chloe gritou o nome dele, atônita com a força dele, sentindo um calor se espalhar pelo seu corpo enquanto ele se enterrava nela até onde era possível. — Isso. Por favor. Mais.

A posição dela dava a Gabe o controle. Portanto, Chloe podia se perder nas sensações que ele causava, no cheiro dele e na ferocidade de seu desejo.

Ele se afastou e investiu novamente, com tanta força quanto antes. — Isto é meu, Chloe. Você é minha. Nenhum outro homem jamais tocará em você de novo.

— Sua — respondeu ela ofegante. Seu coração ficou apertado com o desespero que percebeu na voz dele. Ela não conseguia imaginar querer outra pessoa. Só ardia daquele jeito para Gabe. — Com mais força.

Ele mudou ligeiramente de posição e iniciou um ritmo rápido, duro e furioso que Chloe não conseguiu acompanhar. Ela ergueu os quadris e deixou que ele a possuísse.

Ela sentiu uma chama se acender em sua barriga e começou a tremer.

— Goze para mim, Chloe. Goze — exigiu Gabe com voz rouca ao abaixar a cabeça, morder de leve e depois lamber a pele sensível do pescoço dela.

Ela quisera ver Gabe com toda sua paixão feroz e obtivera exatamente o que fantasiara.

Quando ele levantou a cabeça, ela viu a expressão animalesca em seu rosto tenso por causa do desejo.

O orgasmo a atingiu com muita intensidade. O corpo inteiro de Chloe começou a pulsar com o alívio intenso que lhe fora negado mais cedo. Foi tão intenso que quase chegou a ser assustador.

Ela deixou que o clímax a sacudisse. Ela jogou a cabeça para trás e, com as mãos cerradas em punhos, as unhas curtas se enterraram na carne das mãos de Gabe.

Mais uma onda do orgasmo a atingiu e ela observou o rosto dele. Os músculos no pescoço de Gabe ficaram tensos quando ele começou a gozar.

Mantendo o ritmo intenso, como se nunca quisesse parar, ele gemeu o nome dela. — Chloe.

Foi um dos sons mais doces que ela já ouvira e, quando a última onda a invadiu, ela gritou em êxtase.

Ela nunca sentira um orgasmo tão intenso. Talvez porque nunca se entregara completamente. As emoções a invadiram até que seus olhos ficaram cheios de lágrimas de alívio, prazer intenso, paixão e amor.

Eu o amo tanto.

Aquele pensamento a deixou feliz e assustada. O que começara como puro desejo se transformara em amor intenso por aquele homem que estava tão disposto a se abrir completamente para ela.

Ainda trêmula por causa do orgasmo mais incrível que tivera, o corpo dela ficou mole quando Gabe rolou para que ela ficasse sobre ele. Acariciando os cabelos dela, ele ficou em silêncio enquanto recuperava o fôlego.

— Juro que você vai me matar — disse ele assim que conseguiu falar. Ele fez uma pausa e acrescentou: — Obrigada, querida.

Ele agradecia por ela lhe ter confiado seu corpo. Ela não precisava de esclarecimento.

— Você está me agradecendo por aquele orgasmo incrível? — brincou ela.

— Sim — respondeu ele. — Eu machuquei você de alguma forma?

Em um minuto, ele era exigente. No próximo, estava preocupado com ela. Gabe Walker era um homem complexo, mas ela amava cada pedacinho dele. — Não.

— Ótimo. Espero que queira me manter por algum tempo — brincou ele.

Vou manter você para sempre.

Ela não disse aquelas palavras, mas sentiu-se tentada. — Não acho que você precise se preocupar com isso. — Ela tentou manter o tom leve, mas o coração ficou pesado.

O *que* aconteceria quando aquele caso terminasse?

— Ótimo. Fique comigo — exigiu ele.

Chloe não tinha problema algum com aquela ordem. Ela ficaria com ele pelo máximo de tempo possível e tentaria não pensar no que aconteceria no futuro.

Ela precisava aprender a viver o momento porque, naquele instante, era só o que tinha.

Capítulo 13

Chloe estava em seu escritório na tarde seguinte quando chegou um pacote. Chloe o pegou das mãos de Cal, que estivera separando a correspondência e passara para entregar algo endereçado a ela.

Ela olhou para o envelope sobre a mesa depois que Cal foi embora, perguntando-se se deveria abri-lo. Ela já sabia que era de James, apesar de não haver endereço do remetente. Ele já a avisara na noite anterior.

Nervosa, ela estendeu a mão para o envelope pardo, imaginando se algum dia pagaria o suficiente pelo erro que cometera com James e se ele sairia completamente de sua vida.

Sem saber o que poderia haver dentro do envelope, ela se levantou e segurou-o o mais longe possível do corpo, quebrando o selo com cuidado. Inclinando o envelope na sua direção, ela viu o que parecia um *pendrive* minúsculo que poderia ser conectado ao computador.

Com o medo dissolvendo-se, ela o retirou do envelope.

Mas. Que. Diabos?

Obviamente, eram informações que ele queria que ela visse. Ela sentiu o estômago revirar. Ela nunca fizera nada ilegal nem imoral.

Não tenho nada a temer.

Levantando um pouco o queixo, ela se sentou e conectou o *pendrive* no computador, batendo impacientemente com os dedos na superfície de madeira enquanto aguardava que carregasse. Só o que ela queria era ver o que James supunha que a faria correr de volta para ele e descobrir como combater as informações assim que possível.

Não quero mais pensar nele. Só quero que acabe. Estou feliz agora e estou em processo de cura. Ele não é nada para mim. Não deixarei que mais nada do que ele diga ou faça me afete.

Olhando cuidadosamente dentro do envelope de novo, ela percebeu que havia um bilhete manuscrito.

Ela demorou um momento, falando consigo mesma, antes de abrir o bilhete, tentando se lembrar de que ele não tinha mais o poder de magoá-la.

Chloe,

Veja o conteúdo do pendrive que enviei e veja se são informações que quer espalhadas na internet. Caso contrário, espero ver você na minha casa amanhã de manhã. Se não, publicarei em toda parte. Você nunca conseguirá escapar. Acha que terá algum tipo de carreira ou que sua família conseguirá sobreviver a esse tipo de escândalo? Eu acho que não.

Verei você amanhã de manhã. Esteja aqui ou isso estará por toda parte ao meio-dia. Tenho o original e não enviei por e-mail para que não fosse inadvertidamente publicado. Será nosso segredo se fizer o que eu disser. Se não, você descobrirá exatamente como as consequências serão destrutivas.

Ele não assinara o bilhete, mas não era necessário. Subitamente, Chloe não estava mais tão segura de si mesma, abalada pelas palavras que James colocara no papel.

Clicando com o mouse, ela abriu o arquivo. E não conseguiu fazer nada além de ficar sentada, em um silêncio atordoado, ao ver o conteúdo vil do arquivo.

— Ai, meu Deus — exclamou ela, sem conseguir afastar os olhos da tela. — Por favor, não.

As lágrimas escorreram pelo rosto, que tinha uma expressão de horror completo. — Não é possível. Não. Não — sussurrou ela desesperada, incapaz de parar de olhar para o que James enviara.

Não demorou mais de vinte minutos para ver a coleção completa que James compilara. O coração dela estava acelerado, e o suor e as lágrimas escorriam pelo seu rosto quando ela fechou o *notebook* com força. Diversas emoções a invadiram: terror, ódio, apreensão, vergonha e repulsa.

— Isso nunca vai terminar — disse ela suavemente, com a voz fraca e vulnerável naquele momento.

Ela empurrou o *notebook* para fora da mesa, deixando que caísse no chão. Com uma sensação de impotência, ela abaixou a cabeça até a mesa e começou a soluçar.

Gabe não vira Chloe desde o horário do almoço e começava a se sentir inquieto. Algumas vezes, ela se envolvia com um dos cavalos e perdia a noção do tempo. Mas, ao se sentar à mesa de jantar e olhar para a cadeira vazia dela, ele ficou apreensivo.

Chloe sempre chegava em casa a tempo para o jantar. Se tivera uma emergência, teria telefonado.

Levantando-se, ele colocou a mão no bolso para pegar o celular.

Nada. Nenhuma mensagem de texto nem de voz.

Gabe telefonou para o escritório dela e depois para seu celular, mas não teve resposta.

Ele conferiu o telefone para ter certeza de que o volume estava no máximo. Em seguida, apertou um botão para telefonar para Cal.

— Estou procurando Chloe. Você a viu? — perguntou ele ao gerente com voz tensa, sem nem mesmo cumprimentá-lo.

— Ela estava no escritório dela esta tarde — respondeu Cal lentamente. — Acho que não a vi depois disso.

— Por que você foi lá? — O coração de Gabe acelerou e uma sensação de medo fez com que suas entranhas se contraíssem.

— Ela recebeu um pacote. Fui entregá-lo a ela.

— Que tipo de pacote? — O que Chloe receberia além de contas ou propagandas? Ela falava com a família frequentemente. Eles não trocavam correspondências pelo correio.

Talvez ela tivesse pedido alguma coisa?

— Era um envelope grande. Não tinha endereço do remetente, mas o carimbo era local — respondeu Cal pensativo, como se estivesse tentando se lembrar de detalhes. Ainda bem que o gerente de Gabe era meticuloso e olhava tudo. — Imaginei que fosse alguma propaganda, mas havia um carimbo "pessoal" do lado de fora.

— Merda — explodiu Gabe, com poucas dúvidas sobre quem mandara alguma coisa para ela da cidade. Certamente não era algo que ela pedira na internet.

— Algum problema, patrão? — perguntou o homem mais velho, soando preocupado. — Eu fiz alguma coisa que não deveria?

Não, não era culpa de Cal. Ele só entregara a correspondência. — Não. Só estou preocupado porque não a vi. Pode selar um cavalo e procurá-la para mim? Não é normal que ela não tenha voltado para casa para o jantar. E ela não entrou em contato comigo.

— Pode deixar — respondeu Cal imediatamente. — Avise-me se tiver notícias dela. Vou procurá-la.

Gabe encerrou a chamada.

Onde diabos ela está?

Uma vozinha interna lembrou a ele que uma mulher já desaparecera sem deixar rastros da área de Rocky Springs. O coração dele ficou apertado de medo. — Nem pensar — rosnou ele, andando até a escada e subindo os degraus correndo.

Ele abriu a porta do quarto dela com mais força do que o necessário. Ao acender a luz, seus olhos varreram o aposento.

Abrindo o armário, a respiração que estivera segurando saiu pela boca.

As roupas e as malas dela tinham sumido.

— Puta merda! — xingou ele furioso, olhando freneticamente em volta do quarto. Tudo parecia igual ao momento em que ela chegara.

Ela foi embora. Ela me deixou, caralho.

Ao descer a escada correndo, a teoria dele foi confirmada quando não viu a caminhonete dela estacionada em frente à casa.

Ele bateu a porta da frente, sem saber o que precisava fazer.

O que eu fiz para que ela fosse embora?

A noite anterior fora incrível para ele, mas talvez tivesse sido muito duro com ela. Talvez tivesse errado ao expor totalmente o desejo que sentia por ela. Talvez fosse demais para ela no momento.

Ele balançou a cabeça ao ir para a sala de estar, perdendo completamente o apetite. Ela gostara da noite anterior tanto quanto ele. Não fora nada além de um jogo sensual, os dois tinham jogado e tinham sido recompensados.

Ele se jogou no sofá, torturando-se sobre o motivo da partida dela.

Não era que Chloe não confrontasse seus problemas. Não mais. Se ela estivesse furiosa com ele, teria dito alguma coisa.

E qual era o lance do pacote?

O que James poderia ter mandado a ela para fazê-la sair correndo da fazenda sem dizer a ninguém que estava indo embora?

Ele deu um salto quando o telefone tocou. Levantando-se rapidamente, ele colocou a mão no bolso para pegar o celular. Olhando rapidamente para a identificação, ele resmungou: — Graças a Deus!

Chloe.

— Onde diabos você está? Estou morrendo de preocupação! — gritou ele no celular, sem se dar ao trabalho de cumprimentá-la.

A voz dela estava trêmula e baixa. — Não vou voltar, Gabe. Decidi que o que quero é James. Preciso ficar com ele. Só estou telefonando porque queria que você soubesse. Estou bem. Por favor, não tente falar comigo.

James? *O caralho do James,* que a torturara por anos? — Que merda você está dizendo? Você não quer ficar com ele. Você sabe que não.

Houve um silêncio no outro lado da linha até que ela finalmente respondeu: — Sim. Eu quero, de verdade. Acho que fiquei confusa por algum tempo. Mas ele *é* o homem com quem preciso ficar — disse ela, com a voz ficando mais forte.

— Não faça isso, Chloe. Não dê ouvidos a ele. Você sabe o que ele é — gritou Gabe desesperado. — Ele vai machucar você.

— Vamos resolver nossos problemas — respondeu ela, com a voz quase robótica.

— É claro que não! Você vai ladeira abaixo de novo! — Ele fez uma pausa e perguntou: — E nós dois? E você e eu?

— Não existe *nós*, Gabe. Foi temporário. Nós dois sabíamos disso — retrucou ela com a voz trêmula.

— Eu me importo com você, caralho! — gritou ele no telefone. — Isso não significa nada para você?

— Significa que sinto muito — disse ela em tom neutro. — Eu nunca quis magoar você. Mas preciso ficar com James. Adeus, Gabe.

Ele ficou parado por um minuto, tentando absorver exatamente o que Chloe dissera. Como era possível que tudo que os dois tinham fosse um grande nada, algum tipo de experimento para ela, um teste que a levara de volta para James? O coração de Gabe estava sangrando e ela *sentia muito*?

Ele não se deu ao trabalho de encerrar a chamada. Chloe já fizera isso. Ele se sentou, com a raiva fluindo pelo corpo como veneno, queimando sua alma. Ele jogou o telefone contra a parede e deu um soco na mesa de vidro à sua frente com toda a força, precisando extravasar as emoções.

— Ela prometeu que nunca voltaria para ele, porra! — gritou ele com a raiva explodindo da garganta.

O vidro estilhaçou, com cacos cortando-lhe a mão quando ele a puxou do buraco na mesa. O sangue escorreu dos dedos, mas ele não se importou. Nem mesmo tentou cobrir a mão que sangrava.

Ele não dava a mínima para a mão. Era algo pequeno em comparação à tortura pela qual o coração e a mente passavam naquele momento.

— Não consigo acreditar que esteja fazendo isso, Chloe. Não consigo — disse Gabe com voz rouca, incapaz de aceitar que tudo que dividira, tudo que sentira, tudo com que sonhara era apenas uma mentira.

Ele passou a noite inteira em negação com uma garrafa de uísque, perguntando-se se a aceitação chegaria algum dia.

Capítulo 14

Gabe se forçou a ir até o escritório de Chloe na manhã seguinte, apesar de estar com os olhos vermelhos e com uma ressaca enorme. Se houvesse alguma coisa pendente no escritório dela, ele teria que resolver.

Bem, pelo menos, foi o que ele disse a si mesmo.

Enfrente: só o que quer é ver se sente a presença dela lá, se o perfume dela ainda está na sala.

Sim, ele era um idiota, mas alguma coisa dentro dele não podia simplesmente deixar a situação de lado. Como adulta, Chloe tinha que fazer escolhas, mas Gabe achava cada vez mais difícil aceitar a decisão dela.

Ela não o queria.

Ele balançou a cabeça ao colocar a chave na porta do escritório dela, sentindo-se ridículo. Ela dissera desde o início que o relacionamento deles seria temporário e não dissera nada ao contrário. Era *ele* que queria mais. Era *ele* que sentia que não podia viver sem ela. Era *ele* que nunca conseguiria esquecê-la. Merda, ela já estava com o ex de novo e provavelmente nem pensara duas vezes nele.

Gabe ficou atônito ao entrar no escritório e encontrar uma bagunça completa. Chloe era rígida sobre documentos, mas os papéis estavam espalhados por todo lado. Um *notebook* estava no chão, como se tivesse sido jogado lá sem cuidado, a julgar pela distância que estava da mesa.

O escritório não era grande, mas tinha salas adicionais para o trabalho de laboratório e a análise de dados. A sala onde ela trabalhava tinha vários armários, uma mesa, uma cadeira e montanhas de papéis.

Parecia que os papéis tinham caído quando o *notebook* fora jogado da mesa, com as folhas espalhadas no chão. Um papel chamou a atenção dele, destacando-se dos demais por ser manuscrito.

Gabe pegou o papel e olhou para o que estava escrito. A fúria invadiu o corpo dele ao ler as palavras. Não estava assinado, mas ele sabia que o bilhete era de James.

Pegando o *notebook*, ele notou um pendrive pequeno conectado. Ele se sentou na cadeira de Chloe, tão furioso que mal se deu um momento para notar que o perfume sutil dela ainda emanava do tecido.

Colocando o *notebook* cuidadosamente sobre a mesa, ele o ligou, torcendo para que ainda funcionasse.

O coração dele bateu mais depressa quando o computador começou a mostrar as marcas registradas familiares, sinalizando que ainda estava operacional.

— Vamos. Vamos. — A voz dele era impaciente.

Ele encontrou o arquivo rapidamente assim que a tela da área de trabalho apareceu e clicou nele. Gabe prendeu a respiração para ver que sujeira James achava que tinha sobre a família Colter, informações que tinham sido poderosas o suficiente para forçar Chloe a voltar para suas garras.

Ele arregalou os olhos e sentiu os cabelos da nuca arrepiarem ao olhar para o que parecia ser um vídeo.

Não demorou muito para que ele identificasse as pessoas.

O filme era tão doloroso que ele queria afastar o olhar, mas forçou-se a assistir enquanto James fodia a mulher que Gabe amava. James a machucava. Ela estava de bruços e tinha o corpo amarrado à cama enquanto o imbecil tinha um sorriso maligno no rosto. Ele enfiava o pau no traseiro de Chloe repetidamente. Os gritos de dor e as súplicas dela para que ele parasse destroçaram o coração de Gabe. Ele sentiu as entranhas se contorcerem quando viu James se virar diretamente para uma câmera oculta e sorrir. O filho da puta estava gostando da dor que Chloe sentia.

Pela primeira vez desde que o pai falecera, Gabe sentiu lágrimas de raiva, pesar e angústia começarem a escorrer pelo rosto. Ele não as limpou. Não dava a mínima se estava chorando. A dor excruciante de assistir à mulher que era seu mundo sendo machucada e passando uma vergonha inegável por um imbecil sem coração deixou Gabe dilacerado. Ele não teria se importado nem um pouco se o mundo inteiro estivesse vendo-o naquele momento. A única coisa em que conseguia pensar era sua Chloe.

Por mais que quisesse afastar o olhar e negar tudo aquilo, ele não podia. Chloe passara por aquilo e ele não podia mudar a história. Mas, por Deus, ele podia ser homem o suficiente para assistir e entender exatamente o que acontecera com ela, mesmo que isso o estivesse dilacerando. Como fora para ela passar por algo tão doloroso, tão vil, tão humilhante e tão destrutivo?

— Eu sinto tanto, querida. Eu sinto tanto — disse Gabe em voz alta, odiando-se por acreditar por um segundo sequer que sua doce Chloe fosse burra o suficiente para voltar para James sem motivo.

Ele forçou os olhos a permanecerem na tela, a continuar assistindo.

Havia uma narração e o rosto de Gabe ficou vermelho de raiva ao ouvir James explicando como Chloe adorava ser fodida no cu e como gostava de *fingir* que isso a machucava. Ele a chamou de "sua vadia pervertida" e explicou como ela estaria satisfeita quando tudo terminasse.

Gabe sentiu vontade de enfiar a mão na tela e estrangular o sádico filho da puta até que estivesse morto, de torturá-lo como ele estava torturando Chloe.

Com a respiração pesada e o corpo inteiro trêmulo de fúria, Gabe se forçou a assistir ao filme inteiro, vinte minutos da vida dele sobre os quais nunca pararia de ter pesadelos. Ele nunca se esqueceria da voz de Chloe implorando a James que parasse, dizendo que ele a estava machucando. Os gritos cheios de terror e agonia pairaram no ar quando o ex-noivo dela sorriu e continuou a penetrá-la com tanta força que era insano.

Não é de espantar que ela tenha dito que sexo anal dói. O filho da puta a estuprou.

Gabe se sentiu enjoado por tê-la tocado lá. Ela era muito apertada e não era surpresa que gritasse de terror e dor no vídeo.

Ela estava genuinamente aterrorizada e sentindo muita dor.

Gabe se encolheu quando Chloe virou a cabeça no vídeo. Os olhos dela estavam arregalados de terror e desespero, o rosto molhado de lágrimas, o corpo lutando para se soltar das cordas que a mantinham em uma posição que permitia que fosse torturada e violada.

— Ai, Jesus, não consigo fazer isso — rosnou ele, mas fechou os punhos sobre a mesa e esperou.

Finalmente, tudo terminou. Chloe ficou deitada imóvel e sangrando sobre a cama enquanto James explicava como a noiva dele gostava de sexo pervertido e como ele fazia o possível para satisfazer seus desejos.

A voz do filho da puta sumiu e Gabe fechou o *notebook* com força.

Levantando-se da cadeira, ele foi até o banheiro pequeno, caiu de joelhos e vomitou até que não sobrasse nada dentro dele além da dor.

Sem se dar muito tempo para sentir, ele se limpou e voltou para o escritório, recolhendo o bilhete de James, o *pendrive* e o *notebook* de Chloe.

Ela quisera que ele o encontrasse ou esquecera na pressa de partir? Gabe duvidava que ela quisesse que ele soubesse. Obviamente, ela não quisera que *ninguém* soubesse.

— Puta merda, Chloe. Você não precisa se sacrificar pela sua família. Eles não iam querer — sussurrou ele, sabendo agora que tudo o que ela dissera a ele na noite anterior fora uma mentira.

Ela não queria ficar com James.

Ele a ameaçara com *filmes pornô de vingança* caso não cooperasse. Filmes em que James fazia o espectador acreditar que Chloe adorara cada minuto do estupro. Provavelmente era a coisa mais nojenta que ele conseguia imaginar que um homem podia fazer com uma mulher... além de estuprá-la para fazer filmes de baixa categoria.

Sua Chloe estivera assustada, com medo de que as pessoas acreditassem no que estavam vendo.

Sim, isso destruiria a vida dela e iniciaria um escândalo para os Colters, mas James estava mexendo com a família errada.

Nem uma única pessoa veria aquele vídeo de novo. Ele encontraria o original e destruiria o que acabara de ver. O vídeo nunca mais veria a luz do dia, mas Gabe sabia que as cenas o assombrariam pelo resto da vida.

Ele trancou o escritório e andou em direção à casa com o equipamento de Chloe, tirando o celular do bolso.

— Vamos nos casar hoje — informou James a Chloe em tom casual. — Vista-se bem.

Chloe usara cada minuto em que estivera na casa de James para tentar encontrar o dispositivo que tinha o vídeo original. Infelizmente, ele raramente a deixava sozinha. Ela vasculhara apressadamente cada local que conseguira enquanto ele tomara banho e vestira o terno que ostentava naquele momento, mas não encontrara nada.

Ela passara a noite inteira dentro da caminhonete chorando e tentando achar uma forma de não precisar se entregar a James. Com os olhos vermelhos e sentindo-se derrotada, ela aparecera na porta da casa dele cedo naquela manhã, sabendo que a única esperança era procurar o vídeo original que ele gravara sem o conhecimento dela.

Meu Deus, ela lembrou daquelas noites nos vídeos. Tinham sido as piores experiências da vida dela. Ter que viver tudo de novo fizera com que o medo voltasse, deixando-a fisicamente mal.

— Não tenho um vestido — disse ela apressada. — E não estou pronta para me casar com você. Nem temos uma licença.

— Teremos. Não precisamos de exames de sangue e obteremos a licença de casamento imediatamente. Já marquei com um juiz para nos casar esta tarde.

Chloe olhou para ele por cima da mesa da cozinha e sentiu vontade de dar um tapa na expressão nojenta dele. — Você tinha bastante certeza do que eu faria — disse ela em tom casual.

Ele deu de ombros. — É claro. Sua fraqueza sempre foi sua família. A reverenciada família Colter não tem manchas. É por isso que seu irmão é tão bem cotado para a próxima eleição no senado.

Chloe quis dizer a ele que Blake era bem cotado porque era um senador incrivelmente bom, mas ficou em silêncio. Ela não queria nem mesmo que o nome do irmão fosse dito por alguém tão nojento como James. Os dois homens não tinham nenhuma similaridade.

— Use o vestido que a deixa gorda, aquele do Ano Novo — disse James. — Se é só o que tem, vou tentar não prestar atenção.

Filho da puta arrogante! — Ninguém estará lá. Que diferença faz? Tenho *jeans* e é só o que você terá.

Ele ergueu as sobrancelhas. — Discutindo comigo de novo, Chloe? — Ele se levantou e andou calmamente até ela. Em seguida, levantou-a com tanta força que ela quase caiu. — Não faça isso. Não me faça machucar você — ordenou ele furioso.

— Nunca fiz você fazer isso. Você fez porque queria. Só o que eu queria era que você fosse feliz quando estávamos juntos. Trabalhei feito louca e virei do avesso para deixar tudo melhor para você. Mas nunca era suficiente — respondeu ela em tom hostil. Ela estava muito cansada de receber o que James queria dar, que era sempre dor e críticas.

— Você fez por merecer — respondeu ele, agarrando brutalmente os braços dela.

— Não vou mais jogar este jogo com você — disse Chloe furiosa. Ela levantou o joelho com força contra a virilha dele, forçando-o a soltá-la. Imediatamente, ela jogou o braço para a frente e deixou que o punho fechado batesse no nariz dele com a maior força possível, incentivada pela raiva.

Ele gritou como um garotinho, caindo sentado no chão caro sob os pés dela. Ela observou, balançando a mão por causa da dor que sentira ao quebrar o nariz dele.

Havia uma certa satisfação em saber que ela podia lutar para se proteger. Podia não ser especialista, mas não precisava ser. Lara lhe ensinara cada técnica de luta suja que sabia para deixar um homem maior de joelhos.

Acho que ela tinha razão!

Ela observou sem emoção alguma enquanto ele choramingava, com uma mão na virilha e outra no nariz.

— Sua piranha imbecil. Você quebrou o meu nariz — gemeu ele.

Ótimo. — Quer que eu leve você a um médico? — Ela não conseguiu conter as palavras sarcásticas.

— Eu *sou* médico — retrucou ele furioso. — Você não vai se safar dessa — avisou ele em tom ameaçador.

— Vou tentar dar uma surra em você sempre que tocar em mim — respondeu Chloe com o mesmo rancor dele. — Posso ser forçada a proteger a minha família, mas *você* não é nada para mim.

Ela cruzou os braços enquanto observava o esforço dele para se levantar. Chloe nem mesmo estendeu a mão. Ela não tinha mais a menor empatia por ele. Era um sociopata até a alma. Não havia qualidades a serem redimidas nele. E provavelmente nunca houvera.

Antes, ela fora uma tola.

Agora, ela era prisioneira de um tolo até que conseguisse descobrir onde ele, o homem que alegava que a amava — *seu estuprador* — colocara o vídeo original da violação dela.

A cena mais longa, em que ele a torturava com sexo anal brutal, acontecera logo depois que ela voltara para Rocky Springs. Ele pedira desculpas quando ela o confrontara sobre aquele comportamento e dissera que às vezes gostava de sexo daquele jeito, mas que nunca mais aconteceria. Tolamente, ela deixara o assunto de lado. James fora contrito e ela fora uma idiota completa. A última cena, quando James a segurara entre protestos dela de que não queria fazer sexo com ele, fora a última vez em que tiveram relações íntimas. Fora no período fértil dela e resultara na gravidez. Ela não contara a ele que conseguira engravidá-la. E nunca contaria. Chloe se recusava a fazer qualquer coisa que desse a ele alguma satisfação, a não ser que fosse necessário.

— Vá se vestir. Use a merda que quiser, mas vamos nos casar, a não ser que queira ser a vagabunda mais assistida da internet na história. — Ele cambaleou até a pia e pegou algumas toalhas de papel para colocar sobre o nariz que sangrava.

Ela deixou o insulto passar. Nada do que ele disse sobre ela poderia magoá-la.

Chloe andou até onde estavam suas malas com um sorriso leve e triste no rosto. Bater nele fora uma das coisas mais satisfatórias que já fizera, mas ela sentia tanta falta de Gabe que seu coração doía.

E, principalmente, ela se odiava por mentir para Gabe. Fora a coisa mais difícil que fizera. Mas ela se metera naquela confusão e teria que lidar com o desastre. Chloe não queria que ninguém fosse prejudicado pelas escolhas idiotas dela. Só esperava ter sorte e poder manter a família segura encontrando o vídeo original. Tinha que estar em um computador... mas onde?

Ela pegou a calça *jeans* confortável mais velha que tinha, rasgada nos joelhos, e uma camiseta verde fluorescente horrorosa. Sem dizer mais uma palavra a James, ela foi tomar um banho, trancando a porta do banheiro atrás de si.

Capítulo 15

— Então o idiota está chantageando Chloe? — perguntou Blake a Gabe, furioso.

— Sim. — Ninguém ficara mais aliviado que Gabe quando descobrira que Blake acabara de chegar a Rocky Springs. Ele precisava do melhor amigo naquele momento.

— Precisamos encontrá-la. Alguém conferiu a casa dele? — Blake se levantou do sofá da casa de Gabe, agitado.

— Zane foi conferir. Ele telefonou logo antes de você chegar. Não há ninguém lá. Ele está vasculhando a casa agora — respondeu Gabe em tom infeliz, muito preocupado por não saber para onde James levara Chloe. A caminhonete dela estava na frente da casa do imbecil, mas, de acordo com Zane, não havia ninguém lá.

— Como diabos isso aconteceu? Por que eu nunca vi? Ela é minha única irmã, minha irmãzinha. — Blake andou de um lado para outro na sala de estar de Gabe, ainda vestindo terno porque não fora em casa trocar de roupa.

— Ela se foi há muito tempo, Blake. Ninguém sabia de verdade. Esqueça o passado. Temos que descobrir como trazê-la de volta em segurança. Ela está aterrorizada que ele vá publicar o vídeo e que a notícia seja um escândalo. Ele a está forçando.

— Não acho que algum de nós dê a mínima para um escândalo. Nós amamos Chloe — respondeu Blake com voz rouca.

— Você vai se candidatar à reeleição no ano que vem — lembrou Gabe.

— E você acha que a porra do senado significa mais para mim do que a minha irmã?

Não, Gabe sabia que não. Ele só estava destacando os motivos óbvios pelos quais Chloe queria manter o vídeo nojento em segredo.

— Não — respondeu ele em voz alta.

— Mamãe disse que Chloe estava trabalhando para você. Como ela parecia? Não a vi muito na última vez em que vim para casa. — As palavras de Blake estavam cheias de arrependimento.

— Ela estava indo bem, superando o abuso dele. — Gabe contara tudo a Blake, sabendo que precisaria da ajuda da família de Chloe. A única coisa que ele recusara a todos eles fora o acesso ao vídeo. Chloe não ia querer que os irmãos ou qualquer pessoa de sua família visse aquilo.

— Tenho algum motivo para dar uma surra em você? — perguntou Blake em tom direto, parando de andar para olhar friamente para Gabe, que estava sentado em uma das cadeiras da sala de estar.

— Não, a não ser que queira me dar uma surra porque eu também amo Chloe. — Ele não podia mais fazer rodeios. Blake precisava saber o que ele sentia.

— Você a ama ou preocupa-se com a segurança dela? — Blake olhou para Gabe com franqueza.

— Eu a amo. Eu a amo tanto que fica difícil de respirar. Se não a encontrarmos logo, não sei se conseguirei manter a sanidade. Portanto, sim, eu amo Chloe. Quero me casar com ela mais do que jamais quis alguma coisa.

Blake ergueu as sobrancelhas. — Você esteve ocupado.

Gabe assentiu. — Ocupado entregando meu coração à sua irmã. Eu nunca a magoaria, Blake. Eu a amo.

Blake respondeu: — Eu sei que não. E eu não acharia ruim ter você como cunhado. Pelo menos, saberia que ela está segura.

— Não me saí muito bem em mantê-la segura. Olhe só o que está acontecendo agora — resmungou Gabe, ainda furioso consigo mesmo por perder a noite inteira achando que Chloe dissera a verdade sobre querer voltar para James. Ele passara a noite inteira sentindo pena de si mesmo, em vez de tirá-la das mãos daquele filho da puta. Ele deveria ter ido atrás dela, recusado a aceitar a explicação que ela lhe dera. Em vez disso, ele se deixara cegar pelo coração partido.

— Não é culpa sua, cara. Você não acabou de me dizer que preciso me concentrar no agora e esquecer o passado? Estou dizendo agora a mesma coisa a você.

Como sempre, Blake quase conseguia ler seus pensamentos. Ele o conhecia muito bem. Gabe assentiu. — Vamos nos concentrar no agora.

— O que aconteceu? — perguntou uma voz feminina quando Lara entrou na sala. Ela estava vestida de forma casual, com calça *jeans* e um suéter, como se estivesse a caminho da escola.

Gabe acenou com a cabeça para Tate, que estava logo atrás da esposa. Lara parecia muito frenética para perceber alguma coisa.

Blake assumiu o controle, contando a Tate e Lara o que estivera acontecendo com Chloe. Lara caiu em lágrimas, parecendo cheia de culpa, enquanto Tate a abraçava, tentando confortá-la enquanto controlava a raiva e fazia ameaças contra James.

— Eu deveria ter sabido que ele tentaria alguma coisa. Ele estava furioso, determinado a se casar com ela. Fiquei tão aliviada quando ela terminou o noivado e cancelou o casamento — disse Lara sem fôlego quando as lágrimas finalmente pararam.

— Você sabia? — perguntou Tate, com uma expressão de surpresa no rosto ao olhar para a esposa.

Lara assentou devagar, com tristeza. — Uma parte. Eu consegui aconselhamento para ela com uma psicóloga incrível que podia ser feito pela internet. Ela estava tão melhor. Mas eu deveria ter sabido que James não deixaria as coisas terminarem de forma tão fácil. Acho que ele só queria o dinheiro dela.

— Você não me contou — disse Tate, soando magoado.

— Eu sei. Desculpe. — Lara ergueu a mão e passou-a no rosto dele. — Não contei a ninguém. Chloe me implorou para guardar os segredos dela. Ela estava humilhada. Eu não podia quebrar a confiança dela. Ela estava fazendo progresso demais. Eu não queria que ela voltasse a ficar na defensiva.

— Você sabe mais dessas coisas do que eu, acho — admitiu Tate, estendendo a mão para segurar a dela. — Eu entendo. Acho.

— Conversaremos sobre o assunto mais tarde. Prometo. No momento, estou preocupada com Chloe.

— Eles ainda não estão lá — soou a voz de Zane na entrada quando ele chegou à sala de estar. Gabe deixara a porta da frente destrancada porque esperava aquele tipo de tráfego. Ele chamara todos os membros da família Colter, exceto Marcus. — Vasculhei a casa inteira e finalmente encontrei o *notebook* escondido sob uma das tábuas do piso no escritório dele. Jesus, ele não podia ser mais original?

O coração de Gabe ficou acelerado. — Desapareceu tudo?

— Sim. Acho que ele só fez a cópia para enviar a Chloe e não foi por *e-mail*. Não acho que ele queria correr o risco de que o vídeo fosse replicado, especialmente se ia se casar com ela. — Zane se sentou no outro lado do sofá em que Gabe estava sentado.

— Você o destruiu? — perguntou Gabe, querendo saber com certeza de que tudo desaparecera.

Zane revirou os olhos. — Acha que sou amador? Só porque não trabalhei para a CIA ou o FBI, não quer dizer que não sei me livrar definitivamente de provas. Ninguém nunca conseguirá recuperar o vídeo. E tenho certeza de que a única cópia que existe é a sua. — Zane encarou Gabe com cautela. — Você a destruiu, certo?

— Quase imediatamente — admitiu Gabe. Ele não conseguira se impedir de destruir o vídeo definitivamente. Não queria que ninguém o visse. Nunca.

— Onde está minha filha? — Aileen Colter entrou na sala grande, parecendo agitada. — O que ele fez com ela?

Blake, Zane, Tate e Lara a abraçaram e juntaram-se para explicar.

O grupo estava todo lá e Gabe esperou que Chloe o perdoasse por revelar tudo à família dela. Mas, naquele momento, eles *precisavam* saber.

— Precisamos encontrá-la. O que acham que ele fez com ela? — A voz de Aileen soou cheia de terror.

— Nós vamos encontrá-la, mamãe — prometeu Zane em tom reconfortante.

— Deveríamos avisar Marcus? — perguntou Aileen hesitante.

Blake respondeu: — Ainda não. Ele está do outro lado do mundo no momento. Não tem como ajudar muito. Se precisarmos de mais ajuda, telefonaremos para ele.

Gabe sabia que Blake estava tentando poupar a preocupação do irmão gêmeo. Com Marcus tão longe, a última coisa de que precisava eram más notícias de casa.

— Blake e eu já telefonamos para a polícia, que deverá chegar a qualquer momento.

— Precisamos começar a procurar. Mas não sei exatamente por onde começar — comentou Lara, nervosa. — Eu queria saber qual é o plano dele e por que está chantageando Chloe.

— Ele quer se casar com ela — respondeu Gabe, pensando no bilhete de James que lera. — Ele está tentando forçá-la a se casar para colocar as mãos no dinheiro dela.

— Você não acha que ele faria isso tão depressa, acha? — perguntou Blake, preocupado.

Àquela altura, não havia nada que ele achasse que o ex de Chloe não faria. O cara era um psicopata. — Eles precisariam de uma licença.

— Que pode ser obtida em um dia. Nada de exames de sangue e não precisam de nada além de uma identificação — disse Tate.

Blake tirou o celular do bolso. — Este é o meu distrito. Vejamos o que consigo descobrir.

Gabe assistiu enquanto o amigo dava alguns telefonemas, torcendo muito para que encontrassem Chloe logo antes que ele perdesse a sanidade.

Aileen se mexia nervosamente.

Tate e Lara pareciam estar em uma conversa acalorada, possivelmente sobre o fato de ela não ter contado a Tate o que estava acontecendo com a irmã dele.

E Zane parecia estar em um mundo próprio, com o olhar fixo à frente. Mas Gabe percebeu que ele não estava realmente olhando para nada. Zane estava perdido em pensamentos.

Gabe se levantou do sofá e aproximou-se de Aileen, colocando o braço em volta dela. — Sinto muito, Aileen. Nós vamos encontrá-la. — *Ou vou morrer tentando.*

— Não é culpa sua, Gabe. Você estava cuidando muito bem dela. É James. Não sei do que ele é capaz. Eu queria ter percebido o que ele realmente era mais cedo para que pudesse ajudar a minha menina. — A voz dela estava chorosa e desesperada.

— Ela não é mais uma menina. É uma mulher, uma filha da qual você pode se orgulhar. Ela trabalhou muito para encontrar a força que tem. — Gabe apertou Aileen um pouco mais, querendo confortá-la porque Chloe não estava lá para fazer isso ela mesma.

— É verdade — concordou Aileen prontamente. — Mas vou fazer com que você se case com ela, Gabriel. Chega de brincar com a minha garotinha.

Gabe quase engasgou, mas conseguiu se recuperar. — É o que pretendo fazer... se ela me quiser. Eu a amo. Mais do que qualquer outra coisa. — Ele não mentiria para a mãe de Chloe em um momento como aquele.

— Eu sei — respondeu ela com um suspiro. — O olhar no seu rosto quando você a vê me lembra de como o pai de Chloe olhava para mim.

— Você ainda sente falta dele. — Foi uma afirmação, não uma pergunta. Gabe percebeu que a mãe de Chloe ainda sentia falta do marido, mesmo depois de tantos anos.

Ela olhou para ele e assentiu. — Todos os dias desde que ele foi assassinado.

Gabe não conseguia imaginar como ela se sentia, vivendo todos os dias sem aquela pessoa por quem morreria. Mas achou que o fato de ter filhos ajudava. Aileen sempre estivera do lado de cada um dos filhos. Independentemente de como se sentia culpada por causa de Chloe naquele momento, ela fora uma mãe maravilhosa.

— Vou precisar de autorização para pousar perto do tribunal — Gabe ouviu Blake dizer com voz autoritária.

Gabe inclinou a cabeça na direção de Blake, tentando escutar o que ele dizia.

— Estamos perto. Chegaremos em breve. — Blake terminou a ligação e guardou o celular no bolso do terno. Em seguida, olhou para o relógio.

— Você a encontrou — disse Lara em tom animado.

— Eles já têm a licença de casamento. E um agendamento no tribunal em pouco mais de duas horas — disse Blake para todos na sala, com a voz ecoando no espaço grande. — Tate, precisamos do seu helicóptero agora. Gabe, Tate, Zane e eu vamos no helicóptero. Mamãe, você e Lara podem esperar a polícia aqui?

— Sim, claro — disse Aileen. — Lara sabe algumas das coisas mais antigas. Ela pode ajudar. Vocês nos avisarão no segundo em que souberem que ela está segura?

Gabe assentiu solenemente para a mãe de Chloe.

— Diga à polícia que estaremos no tribunal — pediu Blake em tom brusco.

Tate correu para a porta. — Vou pousar no seu campo. Retire os cavalos — disse ele por sobre o ombro.

Gabe pegou o celular e imediatamente pediu a Cal que tirasse os cavalos para que Tate pudesse pousar para buscá-los sem assustar as éguas prenhas.

— Você tem uma muda de roupa para me emprestar? — perguntou Blake casualmente quando Gabe desligou o telefone.

Blake tinha um sorriso maligno no rosto e Gabe sorriu de volta, de forma conspiratória. — Pretende sujar as mãos?

— Muito — rosnou Blake.

— Vamos. — Ele acenou com a cabeça para a escada e conduziu o caminho para que Blake trocasse rapidamente de roupa, vestindo uma calça *jeans* e um suéter. Eles tinham quase o mesmo tamanho e as roupas de Gabe serviram bem em Blake.

Todos os homens já estavam no campo quando Tate pousou, manobrando o helicóptero como se fosse um morcego fugindo do inferno. Sinceramente, Gabe estava feliz por Tate ser um piloto experiente que poderia levá-los o mais depressa possível. Quanto mais cedo chegassem ao tribunal do condado, melhor.

Os homens entraram na aeronave enquanto as duas mulheres assistiam ansiosas. Os policiais tinham acabado de chegar e Gabe finalmente viu quando Lara e Aileen foram cumprimentá-los.

O helicóptero decolou quase imediatamente e Gabe olhou nervoso para o relógio de novo.

Aguente firme, querida. Estamos a caminho. Será apertado, mas chegaremos.

Gabe torceu para que chegassem antes que a mulher dele acabasse casando-se com o homem errado.

Capítulo 16

Ficar sentada do lado de fora da sala do juiz, esperando para se casar com um homem que odiava, foi uma das coisas mais difíceis que Chloe tivera que fazer.

Ela queria correr.

Ela queria se esconder em algum lugar onde James nunca a encontraria.

Ela queria voltar para Gabe e continuar a viver em um lugar feliz.

E, mais do que tudo, ela queria machucar o ex da mesma forma como ele a machucara.

Em vez disso, ela estava sentada em um banco de madeira duro, esperando até que a vida dela fosse na pior direção possível. Ela não conseguira encontrar o dispositivo com o vídeo original que James usava para chantageá-la. Até que encontrasse, estava disposta a fazer praticamente tudo para evitar que viesse a público.

Sua família não merecia pagar pelos erros dela.

— Ele está pronto, querida — disse James em voz alta com um sorriso falso depois de abrir a porta da sala do juiz.

O que ele dissera ao juiz? Que ela estava nervosa, com medo ou era tímida? Talvez o ex estivesse preparando-se para problemas que ela pudesse causar, mas não adiantava pedir ajuda. Ela não estaria ali se não estivesse disposta a se casar com James para silenciá-lo.

Ela não retribuiu o sorriso. Parara de entrar nos joguinhos dele muito tempo antes. Seria melhor se ele parasse com a farsa e agisse como a cobra que realmente era. Assim, Chloe conseguiria lidar com tudo aquilo muito melhor.

Levantando-se, ela passou pela porta com a cabeça erguida. Nunca que deixaria que ele soubesse como se sentia mal pelo medo naquele momento.

James pagara a dois completos estranhos para que agissem como testemunhas, um casal de meia idade que provavelmente precisava do dinheiro. Chloe acenou com a cabeça para eles ao entrar na sala, com um nó na garganta que a impediu de falar.

Os rituais foram realizados e ela passou pelos movimentos de concordar em se casar com James. Pelo menos, era uma cerimônia civil e seria misericordiosamente curta.

O juiz começou a falar, parado no meio da sala, e as testemunhas se sentaram. Chloe ficou parada estoicamente com James em frente ao juiz de meia idade. Suas entranhas se reviraram em protesto.

Cada parte de Chloe se contraiu e a mente gritava para que ela fosse embora antes de cometer o maior erro da vida. Ela poderia se divorciar de James caso conseguisse encontrar o vídeo original. Mas e se não o encontrasse? Ele teria o controle do dinheiro dela e Chloe duvidava que veria de novo o homem que amava ou o rancho que adorava.

Pare, Chloe. Pare agora! Você está ficando sem tempo.

Tudo o que acontecia naquele momento parecia surreal... mas não de uma forma boa. Chloe se sentiu como se estivesse em um pesadelo, que a mantinha parada exatamente onde estava, preparando-se para repetir os votos que se aproximavam rapidamente na cerimônia.

— Onde estão as alianças? — perguntou o juiz em tom polido.

Não, não tenho uma aliança. O filho da puta sempre foi egoísta demais para comprar uma.

Chloe teria aceitado qualquer coisa naquela época, qualquer símbolo de que estivessem noivos. Mas James nunca tivera a inclinação de pensar em alianças.

— Não acreditamos em alianças para simbolizar o nosso amor — disse James em tom charmoso ao segurar as duas mãos de Chloe.

Ela estremeceu quando ele a tocou, quase incapaz de se impedir de puxar as mãos.

O juiz endireitou os óculos. — Muito bem, então podemos continuar.

Não. Por favor. Não continue. Este homem não me ama. Ele me odeia. Ele odeia as mulheres em geral. Algum dia, não conseguirei impedi-lo de me machucar.

A mente dela era como uma reprodução de sua vida com James: todas as vezes em que ele a machucara e todas as vezes em que minimizara o abuso com desculpas furadas. Ele fora charmoso algumas vezes, fazendo com que Chloe acreditasse que aquele comportamento horrível pararia um dia.

Nunca parara.

Ele demorara algum tempo para mostrar quem realmente era desde que começara como um namorado cheio de amor. Aos poucos, aquele comportamento desaparecera e ela ficara com nada além de culpa e vergonha.

— Chloe, vai repetir os seus votos? — perguntou o juiz depois de pigarrear... muito alto.

Não!

Sim.

— Claro que não. Ela vai para casa comigo e não vai sair daqui casada — soou uma voz masculina furiosa e *possessiva* da porta.

Ai, meu Deus. Gabe?

Chloe congelou ao se virar para a porta. Do lado de dentro da sala, estavam Gabe, Tate, Blake e Zane, todos com expressões assassinas.

— O que vocês todos estão fazendo aqui? — perguntou ela com a voz trêmula e confusa.

— Viemos salvar você, querida — disse Gabe ao se aproximar e segurar o braço de Chloe gentilmente. — Nada de casamento — disse ele com voz tensa para o juiz.

Blake se aproximou para se apresentar e ter uma conversa com o homem que estivera prestes a casar Chloe e James. A explicação vaga sobre um mal entendido esclareceu muito pouco para o juiz confuso.

— Então, não teremos uma cerimônia de casamento? — perguntou o oficial, como se precisasse de mais esclarecimentos.

— Não.

Tate, Zane, Blake e Gabe responderam em uníssono, com tom muito duro.

— Venha comigo — disse Gabe, empurrando Chloe de leve em direção à porta.

Ela subitamente saiu do estupor em que estava. — Não posso. Gabe, eu expliquei o que queria no telefone.

— Sim, e foi um monte de baboseiras — retrucou ele baixinho para que ninguém mais pudesse ouvir.

— O que aconteceu com a sua mão? — Ela notou um curativo enrolado na mão dele e cortes nos dedos.

— Um acidente. Bati a mão, mas está tudo bem agora — respondeu ele vagamente. Sem cerimônia, ele a pegou nos braços e Chloe foi forçada a passar os braços em volta do pescoço dele. Ele a carregou para a saída mais próxima. Ela ouviu vozes masculinas furiosas começando uma discussão pela porta parcialmente aberta da sala do juiz.

Quando chegaram ao lado de fora, Chloe respirou fundo várias vezes enquanto tentava se soltar de Gabe. — Coloque-me no chão. Você não entende.

— Eu entendo tudo perfeitamente bem, Chloe, e odeio a mim mesmo por ter esperado até a manhã seguinte para verificar o seu escritório. — Ele a baixou lentamente até que os pés dela estivessem no chão.

Ele encontrara o vídeo, ela percebeu isso pela expressão no rosto dele. Era algo entre remorso e repulsa. Ela não pensara em recolher as coisas do escritório. Pegara todas as suas coisas no quarto e fugira, sem pensar na possibilidade de que o *notebook* ainda estivesse funcionando. Ela achara que a queda tinha destruído o computador, mas obviamente estivera errada. — Você descobriu o que ele estava planejando — disse ela desnecessariamente.

Ele assentiu.

— Então você entende por que vocês todos não podem estar aqui agora para impedir esse casamento. Procurei o computador onde o vídeo original está guardado, mas não o encontrei. E pretendo continuar procurando.

— Casar com ele seria como se sacrificar para um bando de lobos famintos — resmungou Gabe furioso. — Seus irmãos não dão a mínima para a imagem deles neste momento. É por isso que eles estão aqui. Só o que querem é que você seja feliz e fique segura. Jesus, Chloe, eles amam você. Acha mesmo que iriam querer isto?

Ai, merda. — Eles viram o material da chantagem? — Ela olhou para os sapatos, horrorizada com a ideia de que os irmãos talvez tivessem visto o que James fizera.

— Não, Chloe. Acha mesmo que eu queria que alguém visse o que ele fez você passar? — perguntou Gabe, com a voz soando decepcionada.

Ela olhou para ele, encontrando os olhos verdes. Havia dor nos olhos dele quando ela respondeu: — Não acho que você me machucaria de alguma forma, mas talvez...

— Só contei a eles que ele foi abusivo. Você precisa da ajuda deles. Deixe que as pessoas que se importam com você deem apoio, Chloe.

— Eu sei que eles se preocupam comigo, mas não posso envergonhar todo mundo pelo meu julgamento errado — disse ela desesperada. — Eu *tenho* que me casar com James.

— Não, não tem — respondeu Gabe. — Encontramos o vídeo original, que foi destruído. Você está livre.

Chloe demorou um momento para entender exatamente o que Gabe estava dizendo, estudando o rosto dele com esperança no coração. Ela cambaleou e os braços de Gabe imediatamente se fecharam em volta dela. — Não preciso me casar com ele?

— Não. Zane encontrou o computador com o vídeo, estava escondido na casa de James — respondeu ele em tom grave. — Você pode voltar com Lara e Tate. Pode voltar para a casa da sua mãe. Ou pode voltar para o rancho, ficar comigo. A escolha é sua.

Ele não se mexeu nem falou de novo enquanto esperava que ela tomasse a decisão. Chloe observou o rosto dele, com medo de que, depois de assistir ao vídeo, ele não a quisesse mais. — Prefiro ficar com você se ainda me quiser — sussurrou ela finalmente.

— Graças a Deus! — anunciou Gabe em voz alta, abraçando-a e segurando-a com força. — Se eu a quero? Eu *preciso* de você, Chloe. Nunca mais minta para mim. Se acontecer alguma coisa, resolveremos juntos.

— Achei que precisava mentir. Desculpe — disse ela cheia de remorso ao abraçá-lo com força. — Eu não queria que ninguém fosse prejudicado por minha causa. — Ela começou a derramar lágrimas de alívio, com o corpo tremendo à medida que sumia a tensão que se acumulara dentro dela desde que decidira se entregar a James.

— Você pode me contar qualquer coisa e resolveremos juntos — disse ele com a voz abafada pelos cabelos dela. — Eu gostaria que tivesse me contado todas as coisas que ele fez com você. Agora eu me sinto um idiota por ter brincado de patrão no quarto.

— Não — disse Chloe em tom firme, fungando à medida que as lágrimas paravam. — Amei cada minuto. E você não é James. Ele é o meu passado. Você é o meu futuro. E não é a mesma coisa, nem de longe. É muito excitante.

— Como pode dizer isso depois que ele...

— Porque é verdade. Em algum momento, você me forçaria a fazer alguma coisa?

— Nunca.

— Então não é a mesma coisa. Há uma diferença entre um homem maligno e um homem malicioso — brincou ela em tom suave.

— Está dizendo que sou malicioso? — O tom dele foi divertido.

Ela deu de ombros. — Talvez um pouco, mas é maravilhoso quando você é malicioso.

— Está pronta? — perguntou Tate ao sair lentamente pela porta, parecendo hesitante em interromper a conversa deles.

— Pronta para o quê? — perguntou Chloe curiosa.

— Tate, leve Chloe para o rancho. Sua mãe e Lara estão lá, querida, ansiosas para vê-la segura. Ele voltará para buscar Blake, Zane e eu. Temos que resolver umas coisinhas aqui — disse Gabe calmamente. — Vá. Verei você daqui a pouco. — Ele acenou com a cabeça para Tate.

— Que *coisinhas*? — perguntou Chloe com suspeita.

— Queremos ter certeza de que a licença de casamento seja destruída. Ela nunca será usada. E Blake e eu queremos ter uma conversinha com James. Você está segura agora, Chloe. Sua família cuidará de você.

Gabe era família para ela agora, apesar de ele provavelmente não saber disso. Ela observou quando ele entrou pela porta. Em seguida, Tate se aproximou e colocou o braço em volta dos ombros dela. — Tudo ficará bem, Chloe. Deixe-me levá-la para casa.

Ela queria ir para o rancho, para o lugar onde *Gabe* morava. Para Chloe, lá *era* sua casa. Ela assentiu e deixou que ele a conduzisse para longe do prédio, sentindo um alívio enorme ao andar ao lado do irmão.

— O que eles realmente vão fazer? — perguntou Chloe suavemente.

Tate deu de ombros. — Vão resolver coisas — respondeu ele em tom neutro.

Chloe ficou em silêncio, perguntando-se exatamente como as *coisas* seriam resolvidas. — Não quero que eles tenham problemas.

— Não terão — disse Tate ao olhar para ela com um sorriso malicioso. — Blake é político. Ele sabe como lidar com isso.

Ela não duvidava que Blake provavelmente conseguiria ficar longe de problemas. Ele era ótimo com aquele tipo de coisa, o que o tornava um excelente político. Mas Gabe e Zane ficavam com a cabeça quente quando estavam furiosos. O temperamento de Zane demorava a disparar, mas, quando isso acontecia, era o caos. Gabe era muito parecido com Zane. E isso preocupava Chloe.

— Ei, não fique tão chateada. Vai ficar tudo bem agora, querida — disse Tate, apertando o braço em volta dos ombros dela enquanto andavam em direção ao helicóptero.

Ele pousara bem no meio de um estacionamento. Estranhamente, não havia carros estacionados na área.

Ela acreditou nas palavras de Tate. Era necessário que ela acreditasse que tudo ficaria bem. Caso contrário, acabaria enlouquecendo.

Capítulo 17

— O que estava pensando, Chloe? Você sabe o quanto nós todos a amamos. Não faço parte desta família há muito tempo, mas tempo suficiente para saber que ficamos ao lado uns dos outros quando há problemas — disse Lara a Chloe com os olhos cheios de lágrimas ao abraçá-la.

Chloe estava feliz por voltar ao rancho, mas era difícil encarar a cunhada e a mãe, que quase a mataram com os abraços apertados.

— Eu estava pensando em como impedir que minha família pagasse pelos meus erros — admitiu Chloe ao se soltar dos braços de Lara, com lágrimas no rosto. — Eu estava com muito medo de que todos vocês tivessem que pagar pelo que fiz.

— Vamos pegar um pouco de café e conversar. Acho que eles voltarão em breve — sugeriu Lara. — Tenho a sensação de que sei exatamente como eles estão cuidando das coisas. Tate ficará decepcionado se tiverem terminado quando ele chegar para buscá-los.

Chloe respirou fundo, aliviada por poder ocupar a mente com a tarefa pequena de fazer café e preparar um lanche. Ela encheu uma bandeja e levou-a para onde as mulheres ainda esperavam. Ela olhou em volta, procurando a mesa de vidro que normalmente ficava em frente ao sofá, mas não a encontrou. Finalmente, ela colocou a bandeja em uma prateleira. Ela não estava com fome e seu estômago estava enjoado demais para tomar café.

A mãe de Chloe e Lara aceitaram o café. Lara encheu a boca com a comida antes de tomar um gole do café. — Que delícia — disse ela.

As mulheres se sentaram na sala de estar de Gabe.

Chloe se sentou em uma cadeira reclinável e limpou o restante das lágrimas, encarando a mãe e Lara, que estavam sentadas diretamente à sua frente.

Ela sempre soubera que sua família era especial, mas talvez nunca tivesse percebido como eram incríveis até aquele momento. Todos tinham ficado ao lado dela sem julgar a confusão em que ela transformara sua vida. Só queriam ajudá-la a limpar tudo e ser feliz.

— Não foi culpa sua, Chloe. E você conseguiu sair. Você sabe que não fez com que James se transformasse em um psicopata — disse Lara em tom firme. — Talvez ele sempre tenha sido assim, mas escondeu. Algumas vezes, um relacionamento abusivo começa bem e fica progressivamente pior. Vocês dois moraram em estados diferentes por mais de uma década. Natalie conversou com você sobre *não* se culpar pela forma como James age, certo?

Chloe assentiu. — Ficou muito ruim quando voltei para morar em Rocky Springs. Antes disso, acho que eu conseguia deixar de lado porque raramente nos víamos e isso o incomodava. Ele ficou lívido quando decidi fazer a residência extra em equinos. Algumas vezes, achei que era eu e que precisava mudar. Demorei um tempo para perceber que, não importava o que eu fazia, ele colocava a culpa em mim para me machucar.

— Suponho que você não falou com Natalie quando ele começou a chantageá-la? — perguntou Lara baixinho.

— Não. Não tive tempo e estava preocupada demais para dizer alguma coisa a alguém. Eu não queria provocá-lo e fazer com que publicasse o vídeo. Não podia arriscar — admitiu Chloe.

— Quem é Natalie? — perguntou Aileen curiosa.

— É minha psicóloga, mamãe. Devo muito a ela e a Lara por me ajudarem e encorajarem tanto. — Chloe não queria pensar onde estaria se não fosse pelo apoio que recebera. — Gabe também ajudou muito.

— Aquilo era colocar as coisas de forma muito suave, mas ela não pretendia dar detalhes de sua vida sexual para a mãe. Porém, o homem que amava lhe ensinara tanto sobre si mesma, fizera com que aceitasse que era uma mulher atraente sem precisar mudar para fazer com que ele a quisesse.

— Eu lhe disse que saberia quando encontrasse o homem certo — relembrou a mãe.

Chloe a encarou. — Não sei se ele é o homem certo. — Ah, Chloe sabia como *ela* se sentia, mas o acordo que fizera com Gabe era apenas temporário. E ela era funcionária dele.

— Você *sabe* — discordou Lara, claramente pensando o mesmo que Aileen. — Chloe, do que está com medo? Sei que talvez seja muito cedo para confiar em Gabe, mas o que Aileen disse é verdade. Algumas vezes, o cara é simplesmente... o certo, mesmo que o momento não seja. Demorei muito pouco para saber que Tate era o homem certo para mim.

Chloe se sentiu frustrada. As lágrimas voltaram aos seus olhos. Ela respondeu com um soluço torturado que não conseguiu reprimir: — Tenho medo de que ele não me ame tanto quanto eu o amo. Tenho medo porque ele se transformou na pessoa mais importante da minha vida e não sei como viverei sem Gabe. Tenho medo de ser cedo demais e que eu o espante porque ainda tenho uma bagagem que preciso jogar fora. Tenho medo de ele se cansar de cuidar de mim porque fiz merda. — As lágrimas se transformaram em uma torrente.

— Querida, isso nunca acontecerá — disse Gabe diretamente atrás dela, com a voz rouca e a fala mais arrastada do que o normal.

Chloe ficou imóvel, percebendo que os homens tinham entrado enquanto ela se abria completamente.

Gabe continuou a falar como se não conseguisse parar. — Acho que me apaixonei por você desde que a beijei na véspera do Ano Novo. Só não vi além do quanto a queria. E eu *quero* você, Chloe. Quero você para sempre. Case-se comigo e vou cuidar de você para sempre, se for preciso. E amarei você em cada passo do caminho.

Ela se virou em choque, certa de que não tinha ouvido direito. — Você me ama? — perguntou ela, com o coração cheio de uma esperança nova.

— Desesperadamente, querida — respondeu ele com um aceno da cabeça e os olhos fixados nela.

— Ai, meu Deus. O que aconteceu com você? — A euforia de ouvir que ele a amava diminuiu quando ela viu o rosto dele. Havia um corte sobre o olho e o maxilar estava inchado.

— Nada demais — respondeu Blake calmamente ao parar ao lado de Gabe.

— Você entrou em uma briga com James? — A causa dos ferimentos dele ficou imediatamente clara.

— Não foi exatamente uma briga — respondeu Zane, que estava atrás de Blake. — Tiveram que levar James para o hospital. Não acho que ele vá sair de lá em um futuro próximo. E Gabe não deu chance a nenhum de nós de bater no imbecil. — O tom dele foi rabugento e decepcionado.

— Ai, Gabe — disse Chloe suavemente, aproximando-se dele para limpar o sangue que escorria do corte. — Você está sangrando.

— Não se preocupe com isso. Você não respondeu à minha pergunta — resmungou ele, colocando a mão machucada no bolso para tirar uma caixinha. — Eu planejava fazer isso de uma forma mais romântica, mas não posso esperar.

Chloe pegou a caixinha da mão dele, com o coração disparado, e abriu-a para ver o anel mais lindo que já vira. — Ai, meu Deus, é lindo. — As lágrimas continuaram a escorrer quando ela cedeu às emoções.

Se ela tivesse que escolher o anel perfeito, aquele aninhado no veludo vermelho dentro da caixa que tinha nas mãos seria o escolhido. Era grande, mas delicado e elegante, com uma pedra redonda no centro, rodeada por diamantes pequenos e pedras ainda menores nos lados.

— Não sou muito bom em escolher joias, mas ouvi dizer que a mulher que o desenhou é uma das melhores — disse Gabe ansioso.

Chloe passou o dedo no belo anel. — Quem?

— A esposa de um bilionário na Flórida. Ela é desenhista de joias.

— Este anel é de Mia Hamilton? As joias dela são incríveis, mas muito exclusivas. Ela é tão ocupada que é difícil conseguir que aceite um trabalho. Eu a conheço, ela é casada com Max Hamilton, da organização de caridade... — Chloe sabia que Mia era um dos membros fundadores da organização de caridade para mulheres que sofreram abuso com a qual ela e Lara se envolviam regularmente. Na verdade, a irmã de Max, Asha, era um dos motivos para a fundação da organização. Mia também estava envolvida, doando a maior parte do que recebia pelas joias. Isso tornava o anel que Gabe lhe dera ainda mais especial.

Gabe deu de ombros. — Ela fez o anel para mim, mas tenho que admitir que cobrei alguns favores de amigos. Gostou?

Chloe olhou para ele com os olhos cheios de amor. — Adorei. Você sabe que ela doa muito do dinheiro que ganha para uma organização de caridade para mulheres que sofreram abuso? É realmente especial.

— Eu sei. E fico feliz por isso ter significado para você e por ter adorado o anel. Mas ele tem um significado totalmente diferente para mim — respondeu ele com um sorriso. — Vai deixar que eu coloque o anel no seu dedo ou não?

O coração de Chloe ficou apertado com a atenção de Gabe. — Você deve ter pedido o anel há algum tempo. Nada acontece quando uma desenhista de joias como ela é muito procurada.

— Logo depois que beijei você pela primeira vez. — Ele tirou o anel da caixa. — Eu racionalizei o pedido, achando que você merecia um maldito anel. Mas eu nunca teria dado o anel para que James o colocasse no seu dedo. Seria eu, sempre, Chloe.

Aquela véspera de Ano Novo fora um ponto de virada para ela. Mas ela não percebera o quanto o beijo também afetara Gabe.

Lentamente, ela estendeu a mão esquerda. — Sim — disse ela, com a voz trêmula de emoção. — Sim, eu vou me casar com você — reforçou ela, querendo desesperadamente ficar com Gabe.

Ele rapidamente colocou o anel no dedo dela, como se estivesse com medo de que ela mudasse de ideia.

— Eu sei que você tem um passado a superar, mas construiremos nosso futuro juntos, Chloe — disse ele. — Eu juro.

Ela examinou o anel no dedo, sabendo que era absolutamente certo. — Eu amo você — sussurrou ela em tom reverente, ficando na ponta dos pés para beijá-lo.

— Eu amo você, querida. Mais do que jamais imaginei ser possível amar alguém. — Gabe ignorou o beijo leve que ela pretendia dar em seu rosto e colocou a mão em sua nuca para reclamar seus lábios.

Tudo estava no beijo dele: amor, devoção, compreensão, felicidade e alívio. Chloe retribuiu o beijo, esquecendo que toda a família estava assistindo.

Ela sentiu o rosto quente quando os dois finalmente se afastaram e todos bateram palmas, gritando parabéns ao mesmo tempo.

— Demorará um pouco para que eu me acostume a ver você pegando a minha irmã — brincou Blake, com humor e um pouco de desgosto na voz ao bater de leve nas costas de Gabe. — Mas não consigo pensar em um homem melhor para ela.

Chloe sorriu para Blake e ele piscou para ela antes de puxá-la para um abraço. Ela abraçou todas as pessoas na sala, com o coração cheio de alegria.

— Posso esperar até que esteja pronta para nos casarmos. Mas eu queria esse anel no seu dedo — sussurrou Gabe no ouvido dela.

Todos estavam espalhados pela sala de estar conversando, dando a eles um momento a sós.

— O que aconteceu com você e James? — Chloe sabia que o idiota recebera o que merecia. Ainda assim, ela detestou o fato de Gabe ter se machucado. O corte acima dos olhos dele coagulara e parara de sangrar, mas o maxilar ainda estava inchado.

— Resolvemos as coisas. Ele irá do hospital para a cadeia. Infelizmente, ele provavelmente sairá se pagar fiança. Não havia muitas acusações que pudéssemos fazer contra ele. E nada violento.

— Quando você acha que ele sairá? Acha que ele tentará mais alguma coisa? E se ele tiver outros vídeos? — Chloe se perguntou se seu medo terminaria algum dia.

— Duvido muito que ele teria publicado o vídeo. Ele depõe contra James. Ele foi cuidadoso ao não enviar o vídeo para você por *e-mail*. Não acho que ele queria cópias disponíveis. E tenho certeza de que não sairá tão cedo do hospital.

Chloe suspirou ao colocar os braços em volta do pescoço de Gabe e apoiar a cabeça em seu peito. — Não acredito que você o mandou para o hospital. E se ele prestar queixa?

— Não vai. Tenho testemunhas que jurarão que foi autodefesa, uma delas um senador. Ele já foi avisado que não tem como vencer. E ele odiou ouvir isso. O imbecil sempre quer vencer.

Chloe sabia que Gabe tinha razão. James *gostava* de vencer. Não havia nada que o deixava mais furioso do que perder.

— Deixe-me limpar seus ferimentos — disse ela, afastando-se dele. — Você deveria ir a um hospital. — Ela poderia cuidar dos primeiros socorros, mas, para que tivesse paz de espírito, ele precisava de uma avaliação profissional.

— Essa é a última coisa de que preciso — argumentou Gabe ao puxá-la para perto de novo e jogando a caixinha do anel sobre um balcão próximo. — Só preciso de você. — Ele a abraçou e correu as mãos pelas suas costas.

— Você me tem. Agora vamos levá-lo a um médico.

— Acho que já tenho um — disse ele em tom provocante.

Chloe revirou os olhos. — Se você fosse um cavalo, eu saberia exatamente o que fazer.

— Finja que sou um garanhão — sussurrou ele.

— É difícil fazer isso quando quase todos os membros da minha família estão aqui.

— Mais tarde — prometeu ele.

Chloe queria muito ficar sozinha com ele, mas queria primeiro agradecer à sua família. Todos tinham estado dispostos a deixar que a própria vida desmoronasse por causa do filme pornô de vingança de James. Ela queria que soubessem o quanto significava que todos a amassem tanto.

— Mais tarde — concordou ela, puxando-o para mais um beijo. Ela foi gentil, tomando cuidado para não agravar os ferimentos dele. Ela se conformou com um abraço curto antes de se afastar. — Agora, vamos limpar você.

Ele deixou que ela o levasse para longe do grupo. Ela o levou para o andar de cima e limpou suas feridas, pensando o tempo inteiro em como ele agia exatamente como os cavalos inquietos que amava tanto. Ele trocou de roupa, pois a camiseta estava toda suja de sangue por causa do corte na testa, e eles desceram novamente.

— Que rápido — comentou Blake com um sorriso quando eles apareceram. Ele olhou para Gabe de cima abaixo.

Chloe riu, sabendo que o irmão implicava com Gabe porque tinham passado muito pouco tempo no andar de cima. Blake insinuara que tinham subido para dar uma rapidinha.

— Cai fora, Colter — resmungou Gabe.

Os homens pararam de se insultar quando a mãe de Chloe se aproximou. — Deixe-me ver o anel.

Chloe estendeu a mão para que a mãe admirasse o anel de noivado. — É um anel de Mia Hamilton — disse ela alegremente. Em seguida, explicou como Mia e Max eram parentes de Asha, que Aileen conhecia de ouvir Chloe e Lara falarem sobre ela em relação à organização de caridade com quem tinham se envolvido.

— É adorável. Quantos quilates? — perguntou ela curiosa a Gabe.

Chloe viu quando ele deu de ombros. — Pensei em comprar algo maior, mas tive receio de que Chloe não o usasse o tempo todo. Acho que este tem uns quatro quilates.

Aileen sorriu para ela e Chloe retribuiu o sorriso, lembrando-se da conversa em tom de brincadeira que tiveram sobre ganhar um anel de pelo menos três quilates do *Escolhido*.

— É mais do que suficiente — disse Aileen em tom alegre, piscando para Chloe.

— Acho que é perfeito — disse Chloe com um sorriso contente.

A família dela começou a ir embora, um a um, e ela agradeceu a todos, apesar de dizerem que não fora nada demais.

Blake se ofereceu para buscar a caminhonete de Chloe que estava na casa de James.

— Nós a buscaremos... mais tarde — disse Gabe ao amigo com um olhar de advertência.

Chloe assentiu, sabendo que precisava de mais tempo sozinha com ele.

Quando todos tinham ido embora e a casa estava quieta, Chloe soltou um suspiro de alívio. Ela amava a família, mas, naquele momento, precisava de Gabe. O noivo dela. O homem que realmente a amava e aceitava, com os erros e tudo o mais.

Ela trancou a porta da frente. — Acho que preciso de um banho. E acho que seria bom ter companhia. — Chloe sentia que precisava lavar do corpo todos os traços remanescentes de James, e quem melhor para ajudá-la do que Gabe?

— Então o que está esperando, mulher? Vamos — encorajou ele, pegando a mão dela para puxá-la escada acima.

Chloe riu da impaciência dele ao segui-lo.

Capítulo 18

— Você me tem onde me quer. E agora, o que fará comigo? — perguntou Gabe em tom preguiçoso, encarando-a com um olhar malicioso.

Chloe suspirou ao se espreguiçar ao lado dele na cama, onde os dois estavam nus. Ela se sentia mais confortável com o próprio corpo agora e o instinto de esconder o que a natureza lhe dera não era mais um problema... graças a Gabe. Quando um homem olhava para uma mulher como ele olhava para ela, era difícil ter problemas com a própria aparência.

Deitada de lado, ela colocou a mão sob a cabeça e olhou para ele, que estava deitado confortavelmente de costas. Ela estava relaxada depois de um longo banho, deitada nos braços de Gabe até que a água quente começara a esfriar, apenas aproveitando a sensação incrível de estar com ele.

Eles não tinham conversado muito durante o banho, mas não fora preciso. Estarem juntos de novo fora suficiente.

Ela sorriu para ele. — Eu disse que queria que você ficasse deitado de costas na cama?

— Você disse que precisava de mim na cama. Estou aqui. E agora? — perguntou ele em tom malicioso.

Ela dissera a ele que precisava estar na cama. Ele parecia exausto e estava machucado. — Você precisa dormir. Está com olheiras profundas.

— Alguma coisa sobre perder a mulher que significa tudo para mim não ajuda muito a dormir — retrucou ele, estendendo a mão para acariciar um cacho dos cabelos dela. — Mas eu tentei me afogar em uma garrafa de uísque. Mesmo assim, não deu certo.

Ele bebera aquilo tudo e não dormira? Não era de espantar que parecesse esgotado. Chloe pegara um saco de gelo para o maxilar dele, que mantivera na posição durante o banho deles. O inchaço estava diminuindo, mas agora ela percebeu que ele teria algumas contusões dolorosas no dia seguinte. Elas já começavam a se formar.

Ela demorara mais com a mão dele, verificando cuidadosamente os cortes para ver se havia cacos de vidro. Depois de colocar um pouco mais de pomada antibiótica nos cortes, ela refizera o curativo. O pior corte ficava logo abaixo dos dedos dele. Os demais eram superficiais. O corte acima do olho era pequeno, mas profundo, e ele provavelmente acabaria com uma cicatriz minúscula.

— Um sinal de infecção ou dor e você irá diretamente para o hospital — advertiu Chloe, irritada porque ele se recusava a procurar um médico. *Que homem teimoso!* — O que realmente aconteceu com a sua mão?

— Acho que a mesa de vidro da sala de estar tentou me atacar. Tive que dar um soco nela. E ela quebrou — respondeu Gabe, tentando bancar o espertinho.

O coração de Chloe ficou apertado. — Você estava com raiva — concluiu ela. — Com raiva de mim porque menti para você no telefone.

— Eu estava com raiva — disse ele, lembrando-se da dor. — Mas estava principalmente destruído. Meu coração estava despedaçado e eu não estava pensando direito.

— Eu sinto tanto — disse ela cheia de remorso, erguendo a mão livre para acariciar o rosto dele.

— Não foi culpa sua. Eu estava sendo idiota. Você nunca é a causa das ações de uma pessoa, Chloe. *Eu* sou responsável pelas coisas imbecis que faço.

Ela realmente se perguntara sobre o que acontecera com a mesa de vidro bonita da sala de estar. Agora, ela sabia o que acontecera.

— Eu também. — Ela deitou a cabeça cuidadosamente sobre o peito dele. Gabe continuou a acariciar os cabelos dela. — Eu só queria que as minhas ações antes de conhecer você não o afetassem tanto. Odeio isso.

— Acabou, Chloe, e nada daquilo foi culpa sua. Eu acho que deveríamos tirar umas férias. Ir a algum lugar, ver coisas que sempre quisemos ver, mas nunca tivemos a chance — sugeriu ele enfaticamente. — Nunca viajei muito, nem você. Tentei segurar as rédeas para o meu pai logo depois da morte dele e você passou todos os anos da idade adulta estudando. Vamos viajar.

Ai, meu Deus, aquela era uma oferta tentadora. Ela adorava o rancho, mas esperava que tivessem décadas para ficar nele. Ela adoraria completar sua cura viajando pelo mundo com Gabe ao seu lado. — Mas e o rancho?

Ele deu de ombros. — Posso contratar toda a ajuda de que preciso. Cal saberá onde estou e pode entrar em contato comigo quando precisar.

— Ainda terei um emprego quando voltarmos? — brincou ela. Ele teria que contratar um veterinário temporário.

— Com certeza — respondeu ele. — Eu não teria mais ninguém do meu lado neste rancho além de você. Posso conseguir alguém para substituir você.

— Acho que seria incrível se pudermos providenciar tudo — concordou ela, já imaginando estar em um lugar quente e belo quando chegasse o inverno no Colorado. — Ouvi dizer que a Tailândia é linda nesta época do ano.

— Combinado. Vou providenciar tudo amanhã. Começaremos por lá e depois decidiremos o que fazer. — Ele correu a mão para cima e para baixo nas costas dela de forma reconfortante.

— *Amanhã? Quando exatamente você quer partir?* — *Não poderiam simplesmente fazer as malas e partir, certo?*

— Querida, nós dois somos bilionários. Há muito pouco que *não* podemos fazer. Quando você quer partir?

Chloe percebeu a empolgação na voz dele, o que a fez sorrir. Ela estava pronta para começar a aventura assim que pudessem providenciar tudo. Os dois tinham sido muito responsáveis durante a vida toda. Era hora de se divertirem. — Logo — respondeu ela simplesmente.

— Sua mãe vai querer que você case comigo antes que eu a leve comigo para ver o mundo — advertiu Gabe.

— Então vamos nos casar. Já tenho um anel maravilhoso — respondeu ela em tom sonhador.

— Querida, eu me casaria com você amanhã. Mas é algo para o qual você precisa estar pronta. Não vou forçar nada. Você é minha, está usando o meu anel e isso é suficiente para mim até que tenha certeza de que está pronta. — A voz dele foi sincera.

Estou pronta. Estou pronta.

— Estou pronta — disse ela em voz alta e firme — James foi meu erro da juventude. Acho que sempre esperei você. — Ela precisara de Gabe, só não soubera disso.

— Querida, eu sei que esperei você durante a vida toda — comentou ele. — Acho que soube no momento em que a vi depois que voltou para casa definitivamente.

— Então case comigo, fuja comigo — brincou Chloe, pensando em nada naquele momento além de escapar por algum tempo com o homem que amava.

— Não posso dizer não porque também quero muito — respondeu Gabe, parecendo desgostoso consigo mesmo.

— Eu também quero — disse Chloe ao gentilmente se colocar sobre o corpo dele e olhar para o rosto tão amado. — Diga sim — exigiu ela com expressão ansiosa.

Gabe era o homem que ela sempre deveria ter tido, mas que não tivera sorte suficiente para encontrá-lo antes. Em seu coração, ela achou que, em algum ponto do caminho, eles perderam a oportunidade de se encontrarem, como deveria ter acontecido anos antes. Ele era a peça que faltava na alma dela, da qual sempre precisara, que sempre quisera, mas que não tinha.

Ele ergueu a sobrancelha para ela. — Resolveu ser mandona?

Ela ergueu o queixo. — Se for preciso.

Ele sorriu para ela. — Convença-me.

Ele achou que eu não morderia a isca? Ela se inclinou para baixo cuidadosamente e apoiou os braços nos lados da cabeça dele. — Ok. Avise-me quando estiver finalmente convencido — disse ela sedutoramente no ouvido dele. — Não se mexa muito, não quero que se machuque.

Ela deliberadamente deixou que os seios roçassem no peito dele ao se abaixar para beijá-lo. Apesar de estar por cima dele, Gabe respondeu imediatamente. Mãos possessivas correram pelas costas dela enquanto a língua dele invadia sua boca. Ela se abriu para ele, dando exatamente o que Gabe queria. As bocas se mesclaram em uma paixão doce que fez com que ela sentisse um calor úmido entre as pernas. A língua dela duelou com a dele, encontrando, mesclando e recuando para começar tudo de novo.

Mãos urgentes seguraram o traseiro dela, mas pararam abruptamente.

Chloe se sentou, colocando as mãos nos ombros dele. — Não, Gabe. Não tenha medo de me tocar da forma como quiser. Não tenho mais medo — disse ela ofegante quando ele apertou suas nádegas.

— Eu tenho medo — admitiu ele, com os olhos ardentes encontrando os dela. — Tenho medo de fazer alguma coisa que a afaste. E eu não aguentaria isso, Chloe. *Como* tenho você não importa. Só importa é que eu *tenho* você. O resto é tudo joguinho de quarto. Não acho que eu conseguirei me esquecer do que ele fez com você.

Chloe sabia que ele estava comparando o que acontecera entre eles com o horror do vídeo. — Você não é ele, Gabe. Tudo o que faz comigo é bom. Algum dia, eu gostaria de tentar tudo com você. Decidiremos do que gostamos e do que não gostamos. Não vou deixar minhas experiências do passado lançarem uma sombra sobre o meu futuro... o *nosso* futuro. Isto é novo. Isto é nós. — Ela rapidamente ergueu a mão para afastar os cabelos ainda molhados do rosto para que pudesse olhar para ele sem distração. — Você entende? — Ela colocou de novo a mão no ombro dele. — Eu *sei* que você nunca vai me machucar.

— Farei tudo ao meu alcance para garantir que ninguém a machuque — respondeu ele. — Não vou ligar para o passado se você não se sente mal com ele. Só quero ficar com você. Só quero que seja feliz.

A expressão dele foi tão aberta e sincera que Chloe sentiu vontade de chorar. Mas não chorou. Não choraria mais. Não agora. Ela tinha exatamente o que sempre quisera e o tempo para arrependimentos terminara. Era hora de viver. — Eu ficaria feliz se você só se concentrasse em satisfazer essa dor horrível que tenho dentro de mim.

Ela se moveu para trás e deixou o sexo molhado deslizar sobre o pênis rígido.

— Que dor? — perguntou ele com voz rouca.

— Uma dor de vazio — gemeu ela suavemente, esfregando a boceta nele de novo. — Acho que preciso de você.

— Sou todo seu, Chloe. Pegue o que precisar — incentivou Gabe.

Sentando-se um pouco mais alto, ela equilibrou o peso nos joelhos e correu as mãos pelo peito dele, adorando a sensação da pele quente e úmida. — Meu — disse ela em tom possessivo. Seus instintos ferozes estavam tão intensos quanto os dele naquele momento.

Ela se posicionou sobre o pênis e lentamente abaixou o corpo, sentindo cada centímetro dele ao ser preenchida. — Isso — disse ela, jogando a cabeça para trás ao se mover mais devagar, aceitando-o até que as virilhas se encostaram e os dois estavam completamente unidos.

— Caralho! Você é muito gostosa — murmurou Gabe com voz rouca.

As mãos dele seguraram os quadris dela, incentivando-a a se mover.

O coração dela estava cheio de alegria à medida que seu corpo pegava fogo. Chloe se moveu lentamente, erguendo as mãos para os seios com a intenção de causar o máximo de prazer em seu corpo.

— Isso mesmo, querida. Pegue o que quiser — encorajou Gabe. — Vá em frente.

Finalmente sentindo-se livre com o próprio corpo, Chloe sabia o que ele estava pedindo. Ela se soltou completamente quando ele ergueu os quadris e investiu contra ela. Ela entrou no ritmo do pênis dele, aceitando cada investida.

— Eu amo você — gemeu ela em voz alta, deixando as palavras encherem o quarto.

Gabe se sentou e passou os braços em volta dela. Chloe se apoiou nele e colocou os braços em volta de seu pescoço, desejando poder entrar no corpo dele. Em vez disso, ela sentiu o cheiro dele, deixando-se mergulhar no prazer. Ele rearrumou as pernas dela e continuou em um ritmo rápido e feroz para cima enquanto ela controlava o movimento para baixo, encaixando-se rapidamente na posição e encontrando a melhor forma de obter prazer.

Gabe abaixou a cabeça e capturou os mamilos dela com a boca faminta, mordendo e chupando um depois do outro e fazendo com que o sexo de Chloe latejasse de prazer. — Gabe, não aguento — gritou ela impotente, descendo sobre ele com força.

Ele puxou a cabeça dela e beijou-a, com os dois corpos aproximando-se do clímax.

Enterrando as mãos nos cabelos dele, ela o beijou de volta, entregando-se totalmente a ele. Ela se contorceu no colo dele até que o clitóris finalmente encontrou a fricção de que precisava para fazê-la gozar.

Gemendo contra os lábios dele, ela se afastou e ofegou, finalmente gritando quando a boceta se contraiu em volta do pênis.

Ele assumiu o controle, segurando os quadris dela, levantando-a e abaixando-a em investidas curtas que logo fizeram com que também gozasse.

Eles se abraçaram com força, com os corpos suados tensos ao estremecerem com o orgasmo.

A cabeça de Chloe caiu para o ombro dele quando ela se esforçou para respirar, esperando que o coração desacelerasse.

— Sim, caralho. Sim, vou me casar com você agora — rosnou Gabe contra a pele dela.

Sem fôlego, Chloe sorriu. — Está convencido? — brincou ela.

— Estou convencido de que, se não a tornar oficialmente minha, vou enlouquecer. Eu amo você demais — confessou ele. — Case comigo e farei com que seja a mulher mais feliz do mundo pelo resto da vida. Prometo.

A promessa dele foi tão poderosa que Chloe estremeceu de prazer. Ela acariciou os cabelos dele, imaginando como seria possível que fosse mais feliz do que estava naquele momento.

Ela tinha o futuro.

E ela tinha Gabe, um homem mais precioso do que jamais conseguiria explicar, do que jamais teria acreditado.

— Ok. Fico feliz por finalmente ver as coisas do meu jeito. — Ela tentou brincar, mas a ternura que sentia por Gabe vibrou em sua voz.

Ele caiu sobre a cama dramaticamente. — Eu tive que desistir. Você me destruiu.

Chloe riu do fingimento dele. — Eu amo você — disse ela ao começar a se mover para deitar ao lado dele.

— Não. — A voz dele foi exigente. — Fique aqui um pouco. Preciso sentir você.

Ela suspirou ao deitar a cabeça no ombro forte dele, com a pele contra a de Gabe.

Chloe entendia por que ele precisava senti-la porque sentia a mesma coisa. A sensação do corpo dele sobre o seu era deliciosa, reconfortante e viciante.

Ele a abraçou sem dizer uma palavra, em um gesto possessivo e terno.

Os olhos de Chloe se fecharam lentamente, com uma sensação de contentamento que ela desejara muito, mas nunca encontrara... até Gabe.

Ela adormeceu, com o corpo encostado no dele, sabendo com certeza de que, com Gabe, agora estava ansiosa para que a vida realmente começasse.

Capítulo 19

Três dias depois, eles se casaram em uma pequena cerimônia civil, com a companhia apenas da família.

Chloe sentiu uma dor profunda por Ellie não estar com ela no casamento e nenhum dos dois se importou com a forma como a cerimônia foi conduzida. Só o que queriam era que começasse a vida deles juntos.

Ela optara por não ter uma aliança com o belo anel que Gabe lhe dera e os dois saíram juntos para escolher uma aliança para ele. Gabe escolheu uma aliança lisa de platina. Chloe quisera algo melhor, mas ele se recusara, dizendo que não queria ter que tirá-la do dedo ao trabalhar. Portanto, emocionada pelo argumento dele, Chloe deixara que ele comprasse a aliança que queria sem dizer mais nada.

Nos dias antes do casamento, Chloe tentara contar a Gabe tudo que omitira no passado, incluindo as duas vezes em que batera em James usando as técnicas de luta que Lara lhe ensinara. Ele ficara feliz por ela ter dado o troco a James e aliviado de saber que Chloe não aceitara mais nenhuma merda mesmo quando estivera à mercê dele.

Eles também tiveram uma sessão juntos com Natalie e planejaram repetir isso no futuro. Chloe queria apagar qualquer bagagem que ainda carregava, mesmo que demorasse um pouco.

Todos tinham concordado que viajar seria uma excelente ideia, o que daria a Chloe um tempo afastada para completar o processo de cura.

A cada dia que passava, Chloe se sentia mais forte, mais capaz de lidar com o que surgisse em seu caminho.

Seu único pesar era Ellie. — É tão difícil viajam sem saber ainda o que aconteceu com ela — disse Chloe a Gabe no dia depois do casamento, enquanto faziam as malas no quarto principal.

Eles partiriam na tarde seguinte. Ficariam algumas semanas na Tailândia e, depois, provavelmente iriam para algum outro destino que atraísse menos turistas e que os dois queriam visitar. Gabe providenciara para que o rancho continuasse sem eles por dois meses, o que era tempo suficiente para os dois.

Chloe estava ansiosa, mas a viagem era agridoce de uma forma particular.

— Eu sei — respondeu Gabe em tom solene. — Quer adiar?

Ela ergueu a cabeça e encontrou o olhar dele. Eles estavam em lados opostos da cama, jogando itens de que precisavam dentro das malas.

Ele era muito paciente, amoroso e atencioso. A verdade era que ela não queria adiar o começo da vida que teriam juntos. Ellie desaparecera meses antes. — Tenho que enfrentar a verdade, não é? Talvez ela nunca seja encontrada.

— Não sabemos a verdade, portanto, lide com isso do jeito como achar melhor, querida.

Chloe suspirou e sentou-se na cama. — Quero acreditar que ela ainda está viva, que está por aí em algum lugar. Quero acreditar que ela tinha motivos para ir embora e que entrará em contato comigo quando estiver pronta. Principalmente, quero acreditar que ela foi embora porque precisava ou queria, não porque alguém a sequestrou.

— Então acredite nisso — disse Gabe com simplicidade.

— Se encontrarem o corpo dela algum dia, terei que lidar com isso. Mas, por enquanto, prefiro pensar que ela está em algum lugar, ainda viva e bem. — Enquanto a situação permanecesse no limbo, era tudo que ela poderia fazer.

— Zane continua procurando. Ele não vai parar — disse Gabe ao se sentar ao lado dela, empurrando a mala para que pudesse passar os braços à sua volta.

— Eu sei. Ele sempre gostou de Ellie. Sei que ele quer descobrir a verdade. — Chloe olhou para o marido com determinação. — Não importa o que aconteça, sei que vou conseguir lidar.

Gabe a beijou gentilmente antes de responder: — Eu também sei que vai conseguir.

— Então vamos fugir por algum tempo — disse ela, levantando-se para continuar a fazer as malas. — Estou pronta para a praia.

O clima ficara mais frio nos dias anteriores e a Tailândia parecia cada vez mais atraente. Chloe sentiria falta do rancho, mas aquele era um tempo de que ela e Gabe precisavam. Nenhum dos dois tivera tempo para relaxar e desfrutar a presença um do outro. Enquanto estivessem longe, poderiam apenas aproveitar o fato de estarem juntos.

Lembrando-se de que comprara um presente de casamento para ele, Chloe atravessou o quarto e tirou uma caixa da parte de trás do armário.

— Para você — disse ela, estendendo a caixa grande para ele com expressão ansiosa. Chloe torceu para que ele entendesse o presente da forma como ela queria.

Ele pegou a caixa das mãos dela com expressão confusa. — O que é?

— Um presente. Abra. — Chloe esperou que ele entendesse e não ficasse magoado. Ela arriscara, torcendo para que seu instinto estivesse certo.

Ele removeu o papel do embrulho devagar. — Você não precisava me dar nada.

— Eu queria dar isso a você — Chloe sabia que Gabe tinha mais dinheiro que a maioria dos homens no mundo. E, juntando o que ela tinha, eles eram obscenamente ricos... mas isso era... diferente.

Ela prendeu a respiração quando ele abriu a caixa. A expressão dele foi atônita ao tirar um Stetson preto novo.

O coração de Chloe acelerou quando a expressão dele ficou sombria, torcendo para que o presente não trouxesse de volta lembranças ruins ou tristes sobre como ele nunca parecia conseguir ocupar o lugar do pai.

— Posso devolver se não servir — disse ela apressadamente, querendo dizer muito mais do que apenas o tamanho errado. Ela sabia que o tamanho era o dele. Só não tinha certeza se *serviria*.

O chapéu era diferente daquele que pertencera ao pai dele. A aba era um pouco menor e a faixa tinha um desenho bonito, preto com pequenos detalhes de metal. Porém, não era tão sofisticado quanto o que o pai lhe dera. Ainda assim, quando Chloe o vira, ela se lembrara de Gabe, achando que aquele chapéu ficaria bem nele.

Lentamente, ele colocou o chapéu na cabeça e puxou-o um pouco para baixo, para uma posição confortável. — Por quê? — perguntou ele com a voz ligeiramente tensa.

Chloe deu de ombros. — Cresci vendo você usar aquele chapéu. Era como um pedacinho do Texas que você trouxe. Achei que talvez sentisse um pouco de falta dele. — Ela respirou fundo e continuou, sentindo-se nervosa: — Quando vi este aqui, só achei que *serviria*, que era *você*. Eu queria lhe dar um chapéu que combinasse com a sua personalidade. Acho que foi a forma que achei de dizer que você não precisa ser outra pessoa porque é perfeito do jeito como é.

— É mesmo? — perguntou ele com voz rouca.

Ela assentiu.

Ele andou até o espelho e olhou para o reflexo. Em seguida, virou-se e sorriu para ela, ajustando um pouco o chapéu. — É muito bom.

— O chapéu?

— O sentimento, querida. É bom saber que você me ama pelo que sou.

Ele se aproximou e pegou-a nos braços, girando-a no ar. Chloe riu feliz e ele soltou uma gargalhada.

Quando ele finalmente a recolocou no chão, ela o encarou com o coração nos olhos. — Estou falando sério, se o chapéu o incomoda de alguma forma, vou me livrar dele.

— Claro que não — resmungou Gabe. — Agora pretendo morrer com este chapéu. É um presente da mulher que amo e ele serve perfeitamente. Com toda sinceridade, senti falta do meu chapéu, mas não consegui me forçar a repô-lo. Como sabia?

— Eu não sabia. Mas conheço você e gostei muito desse chapéu. Eu sabia que ficaria lindo em você.

— Ajuda a proteger do sol — disse ele com sinceridade.

— Só fique longe dos garanhões furiosos — disse ela com uma risada, feliz por ele ter aceitado o presente da forma como fora dado... como um símbolo de amor.

— Obrigado por me amar — disse Gabe apressadamente.

O coração de Chloe disparou. — É fácil amar você, Gabe Walker. — Ela apertou os braços em volta do pescoço dele. — Obrigada por me salvar. — Sem Gabe, ela não sabia onde estaria agora e não era nada agradável pensar nisso.

De qualquer forma, ela provavelmente não teria se casado com James. E provavelmente ainda estaria em tratamento com a psicóloga. Mas ele a levara muito mais longe no processo de cura ao amá-la incondicionalmente e ensinando-a a confiar de novo.

— Não salvei você, querida — negou ele. — Você mesma se salvou. Você é uma mulher forte, Chloe. — Ele apertou os braços em volta dela em um gesto de proteção. — Só tente não me matar de susto de novo.

— Vou tentar — prometeu ela.

Ao amar alguém tanto quanto ela o amava, Chloe conseguia sentir a dor dele. Se alguma coisa acontecesse com Gabe, a vida inteira dela seria destruída. Ele se tornara tudo para ela e Chloe não sabia como viveria sem ele.

Eles tinham os mesmos medos, mas compartilhavam o mesmo amor. Em algum momento, superariam a inquietação. O amor deles era novo e precioso. No futuro, esse amor ainda seria um tesouro, mas sem o medo intenso de perderem um ao outro. O trauma fora doloroso, mas também deixara Chloe ainda mais grata pelo que tinha.

Gabe tirou o chapéu e colocou-o sobre a cama. — Adorei o chapéu, mas acho que preciso beijar você.

— É mesmo? — perguntou ela em tom brincalhão.

— Acho que sim — respondeu ele em tom grave, acenando devagar com a cabeça.

Ele abaixou a cabeça e o coração de Chloe acelerou quando recebeu um dos beijos mais doces que já experimentara. O beijo mostrou o quanto ela era adorada.

Ela suspirou quando ele afastou os lábios lentamente, como se não quisesse parar de beijá-la.

— Eu amo você, Chloe Walker, e pretendo garantir que nunca mais ninguém a machuque — disse ele com a voz cheia de ternura e emoção.

Adorando o som de seu nome nos lábios dele, ela respondeu: — Eu também amo você e prometo que tentarei fazê-lo feliz, Gabe.

— Querida, eu já lhe disse que você não precisa tentar. Só precisa *ser* para me fazer feliz. Agora que você é minha, estou incrivelmente feliz — disse ele.

Surgiram lágrimas nos olhos de Chloe, que sabia que ele estava falando muito sério. Gabe não era sempre tranquilo, mas era sincero. Como explicar a ele o quanto aquelas palavras significavam para ela depois do que passara? Ela tentara, mas ele não dera atenção, achando que as palavras não eram nada demais.

Elas eram muito importantes para Chloe.

— Obrigada — disse ela simplesmente, sabendo que ele entenderia.

Ele a abraçou por um minuto, embalando seu corpo em uma tentativa de reconfortá-la. Finalmente, ele disse: — Está pronta para amanhã?

— Estou pronta — respondeu ela com determinação.

Ele recuou ligeiramente e sorriu, um sorriso malicioso que ela passara a amar. — Talvez eu não a deixe se vestir depois que estiver nua.

Ela não tinha problema algum com aquilo. — Vamos conseguir ver os lugares?

— Depois — disse Gabe, sem se comprometer.

Chloe riu e abraçou-o. Ela sabia que bastava pedir que Gabe faria qualquer coisa que quisesse só para agradá-la. Saber que podia deixar aquele homem grande, forte e orgulhoso de joelhos era maravilhoso, mas algo a que ela sempre daria valor. — Depois — concordou ela.

Eles demorariam um pouco para se acostumarem a amar um ao outro com tanta intensidade que chegava a assustar. Depois, poderiam começar a criar outras lembranças juntos.

Pensando nas épocas em que ela não se sentira pronta para nada e em como estivera confusa, Chloe estava grata por agora poder dizer que estava pronta para começar uma nova vida, que não teria medo nem tristeza.

Ela recebera um presente, que guardaria com todo o cuidado.

A tristeza, o medo e as dores de cabeça pertenciam à vida antiga.

Agora, havia Gabe.

Quando ele abaixou a cabeça para beijá-la novamente, Chloe estremeceu, sabendo que estava realmente deixando a vida antiga para trás, fechando aquela porta para sempre.

Gabe era seu futuro e era só do que precisava.

Epílogo

Uma semana depois...

Zane Colter perdera a conta de quanto tempo passara no laboratório que tinha em casa, em Rocky Springs, examinando amostras.

Quando finalmente levantou a cabeça, o dia já amanhecera... e ele não dormira absolutamente nada. Ele viu o sol subindo acima das montanhas, mas não se importou.

Finalmente descobri. Eu sei onde ela está.

Merda! Ele queria desesperadamente telefonar para Chloe, mas todo mundo concordara em dar a ela o máximo de tempo possível viajando com Gabe. Todos torceram para que ela e Gabe *não* vissem o noticiário dos EUA.

Apesar da preocupação, ele sorriu, lembrando-se de como Chloe e Gabe estavam felizes e descontraídos quando ligaram pelo Skype algumas vezes. Ele se forçou a relaxar, sabendo que, se as coisas fossem feitas como Gabe queria, agora que os dois tinham visitado a Tailândia, não apareceriam novamente em um futuro próximo e seria improvável que vissem os noticiários. Zane ficou aliviado de ver a irmã finalmente parecendo a garota alegre e doce que ele conhecera enquanto cresciam. Ela *estava* feliz. E Gabe também. Eles enviaram inúmeras fotografias, muitas das quais Zane agora tinha guardadas no celular, de coisas bobas que faziam só porque... podiam. O brilho feliz e contente no rosto da irmã fora uma das melhores coisas que ele já vira. Ele adorava aquelas fotografias e queria ver mais delas no futuro. Chloe precisava daquela viagem e de finalmente ter aquele tipo de felicidade com Gabe em sua vida. Ele torceu para que a irmã não se interessasse em ver os noticiários dos EUA, especialmente os locais.

Sim, ele tinha quase certeza de que não descobririam o que acontecera alguns dias antes. Ou torcia para que não tivessem descoberto. Não por algum tempo.

Ele olhou para o jornal de Rocky Springs, que estava ao lado do computador. Em Rocky Springs, o incidente e o *bilhete* tinham sido notícias importantes. Ainda eram. Todo mundo falava no assunto e o caso agora atraíra a atenção nacional.

Ele olhou para a manchete:

"Médico comete suicídio. Admite responsabilidade por mulher desaparecida em Rocky Springs."

Ainda bem que Chloe e Gabe estavam bem longe quando aconteceu a morte de James.

— Covarde do caralho — cuspiu Zane com desgosto, irritado por James ter escolhido a saída mais fácil. O imbecil se matara quando ainda estava no hospital, mas ele *não* podia ter simplesmente morrido. Tinha que ter deixado aquele maldito bilhete.

Eu venci! Nunca descobrirão onde Ellie está antes que ela morra.

Filho da puta. Aquele escroto não venceria... nunca. Ele só continuaria morto. Um final feliz para um psicopata como ele.

Zane ficara feliz ao saber que James se matara. Chloe nunca mais teria que olhar para o rosto dele quando voltasse para casa em Rocky Springs com Gabe. Isso significava que a irmãzinha dele poderia se libertar completamente das lembranças do passado.

Exceto... que o imbecil deixara aquele bilhete de uma linha, sobre não encontrarem Ellie a tempo.

Os rumores tinham se espalhado naquela parte do estado desde que o incidente acontecera alguns dias antes. A polícia vasculhara a casa de James, mas não dissera o que tinha sido encontrado.

Para Zane, a polícia fora muito lenta. A vida de Ellie estava por um fio em algum lugar. E ele tinha certeza de que a teoria da polícia era de que ela já estava morta.

Ela não está morta.

Zane ponderou se deveria procurar a polícia com a análise que fizera, mas não tinha certeza se os policiais se moveriam depressa o suficiente para salvar Ellie. Se a teoria dele estava correta, ela estava aprisionada, provavelmente à beira da morte porque James não estava mais vivo para levar comida e água. Também estava esfriando e ela poderia estar congelando.

— Foda-se. Eles tiveram a chance deles — disse ele furioso para si mesmo. Ele mesmo encontrara as amostras de solo nos pneus do carro de James e a chave.

Ele sabia a área geral em que ela estava sendo mantida prisioneira e tinha a chave para libertá-la. Agora, só precisava descobrir o local exato.

Não havia dúvidas na mente de Zane de que ele mesmo a procuraria. A pergunta era se deveria ou não notificar à polícia sobre o que descobrira. Provavelmente, tentariam impedi-lo de interferir na investigação. O problema era que ele duvidava de que a polícia tivesse alguma pista de onde ela estava ou alguma esperança de que ainda estivesse viva. Eles se mexiam devagar demais para o gosto dele. E certamente não era depressa o suficiente para salvar a vida dela. Ora, Zane já estava preocupado de ele chegar tarde demais.

Felizmente, *ele* estava familiarizado com a localidade e poderia encontrá-la.

Só preciso chegar a ela a tempo.

Decidindo a favor de ir sozinho, Zane correu para o andar inferior e pegou a chave da caminhonete de tração nas quatro rodas.

Ele precisava encontrar Ellie depressa, caso contrário, ela não aguentaria. Ele não tinha ideia de quando fora a última vez que ela recebera comida e água. Obviamente fazia algum tempo, pois James ficara internado no hospital depois que Gabe lhe dera uma surra.

Ele correu para o carro, sem se importar com o vento frio que batia em seu corpo nem com o fato de que não dormia havia dias.

Nada importava além de Ellie.

Zane decidiu que voltaria com Ellie ou morreria tentando.

~ *Fim* ~

Nota da Autora:

Acho que é comum em nossa sociedade que as pessoas digam "vá embora" em se tratando de abuso doméstico. Infelizmente, não é tão fácil nem simples. A violência doméstica é um problema psicológico, físico e sexual complexo pelo qual quase trinta por cento das mulheres nos EUA passaram em algum momento da vida. Quando uma pessoa é agredida, psicologicamente destruída e financeiramente controlada, é difícil se libertar. Os abusadores são manipuladores e o ciclo do abuso é complicado. Infelizmente, muitas pessoas não podem ou não deixam o abusador por vários motivos, mas nunca é culpa da vítima. Vamos colocar a culpa em quem ela pertence: no abusador. As vítimas precisam de um bom sistema de apoio, além de ir para um lugar seguro e conseguir ajuda. Se você é uma vítima ou conhece alguém que seja, por favor, encontre ajuda. Pesquise as diversas organizações que prestam assistência. Existe esperança. Há pessoas que entendem. Busque mais informações na internet simplesmente procurando "ajuda para violência doméstica". Você encontrará recursos valiosos em sua área colocando o local onde mora ou pode começar com uma linha direta nacional.

Não se sinta aprisionada pelas emoções. Antes de mais nada, o que importa é a sua segurança. Fique segura!

Continue a ler uma amostra de *Bilionário Destemido - Zane.*

Prólogo

Sete meses antes...

— Ai, meu Deus. Não é possível. Não a minha doce Chloe — disse Ellie Winters para si mesma em um sussurro urgente. Ela estava sozinha no consultório do médico onde trabalhava e ninguém ouviu o tormento da voz dela. Ela ficou horrorizada com os vídeos que acabara de ver no *notebook* de James, completamente por acidente, enquanto procurava um arquivo que o chefe lhe pedira.

Inicialmente, ela estivera procurando um documento médico, algo que ele lhe pedira que imprimisse. Ela se distraíra ao ver um ícone chamado "Vídeos de Chloe" e não conseguira resistir à tentação de ver o que supusera fossem imagens felizes da melhor amiga, mesmo sabendo que estava clicando em algo que não deveria.

Ela esperara ver alguns momentos de alegria da amiga, uma Chloe sorridente que Ellie, com toda a sinceridade, não vira havia algum tempo. A amiga estivera recentemente distraída e incomumente nervosa e Ellie queria saber o motivo. Chloe Colter era uma daquelas pessoas que era naturalmente gentil e doce.

Infelizmente, as cenas não tinham sido alegres. Os vídeos eram aterrorizantes.

Ellie só estava trabalhando para o médico noivo de Chloe havia uma semana. Ele era exigente, mas o que ela acabara de ver fez com que percebesse que James era muito mais do que apenas um escroto.

Ele era a pura maldade!

As lágrimas escorreram pelo rosto de Ellie quando ela desconectou e desligou o *notebook*, sabendo que precisava falar com Chloe o mais depressa possível.

Preciso falar com ela. Ela não pode se casar com ele. Por que diabos ela ainda está noiva dele? O imbecil deveria estar na cadeia!

Merda! Ellie estava furiosa consigo mesma por não ter insistido mais em saber *por que* Chloe parecia tão diferente desde que voltara para Rocky Springs. Ela supusera que a amiga só estava distraída e ajustando-se ao fato de estar em casa de novo depois de ter ficado longe por tanto tempo para se formar como veterinária de equinos. Ou talvez estivesse estressada por causa do casamento com James. Casar-se e planejar um casamento *era* algo estressante, certo? Especialmente quando Chloe ainda estava tentando estabelecer sua carreira.

Há muito mais sobre essa história que não entendo. Preciso falar com Chloe, descobrir por que ela está escondendo o fato de James ser um abusador.

Uma sensação de proteção feroz fez com que o estômago de Ellie se contraísse. Ela se lembrou de todas as vezes em que Chloe saltara em sua defesa nos mais de vinte anos de amizade. Quantas vezes Chloe se oferecera para ajudá-la a sair da situação de pobreza quando eram crianças? Ellie perdera a conta. Da mesma forma que não conseguia se lembrar de quantas vezes a família de Chloe a alimentara quando sua mãe precisara trabalhar. Ou que lhe dera sapatos ou roupas novas, com Chloe alegando que não cabiam nela e que queria que Ellie os tivesse.

Foram tantas coisas doces que Chloe e a mãe dela fizeram por mim nesses anos todos.

Reprimindo um soluço de tristeza, Ellie estava determinada a garantir que a melhor amiga não terminasse casada com o próprio demônio. Chloe merecia o marido mais incrível possível.

Por quê? Por que Chloe está encobrindo o que James está fazendo com ela?

Ellie não tinha as respostas, mas pretendia descobri-las. Se necessário, ela arrastaria Chloe para fora daquele relacionamento, chutando e gritando, antes de se sentar e assistir como madrinha quando a amiga assinasse uma sentença de prisão perpétua com Satã.

Freneticamente, ela pegou a bolsa, pronta para ir à casa de Chloe. Ellie considerou telefonar para ela, mas precisava confrontá-la pessoalmente. Ela não tinha dúvidas de que Chloe não sabia sobre os vídeos e provavelmente ficaria horrorizada quando os visse.

Chloe Colter fora sua melhor amiga desde a escola primária. Ellie sabia que os gritos aterrorizados de dor e agonia no vídeo não eram nenhum tipo de jogo sexual pervertido. Chloe estivera traumatizada, aterrorizada e implorando para que James parasse.

Mas o filho da puta não parara. Que tipo de joguinho doentio ele estava jogando? E como Chloe se envolvera? Por que ela simplesmente não se afastara dele? Afinal de contas, ela era uma Colter e não *precisava* de homem nenhum. Chloe era rica e com educação suficiente para mandar na própria vida. Além do mais, tinha quatro irmãos mais velhos que teriam dado uma surra em James se tivessem percebido o que ele fizera com ela. E havia também a pergunta mais importante: por que Chloe não o entregara à polícia? *Tinha* que haver uma explicação, mas Ellie não conseguiu encontrá-la na pressa de sair do escritório.

O som de alguém mexendo na fechadura da porta da frente do escritório, que estava trancada, fez com que Ellie entrasse em pânico. Ela segurou o *notebook* contra o peito e saiu correndo de trás da mesa. Seu coração estava disparado quando a porta começou a abrir.

Ela não olhou para ver quem era. Havia poucas pessoas com a chave e ela era uma delas. Mesmo se fosse a equipe de limpeza, ela não pretendia arriscar para descobrir. A única coisa em que conseguia pensar era sair correndo pela porta de trás, chegar ao seu carro e ir diretamente à procura de Chloe.

— Ellie!

Ouvir o grito de James proveniente da área de recepção triplicou a velocidade de seu coração. Ela correu para a saída dos fundos.

Só preciso chegar ao meu carro. Só preciso encontrar Chloe.

Ellie ouviu os passos pesados de James no corredor atrás dela, mas continuou correndo. Sua respiração estava alterada por causa do pânico quando ela abriu a porta dos fundos e saiu correndo pela porta de metal sem hesitar.

Odiando-se por ter calçado sapatos de salto alto naquela manhã, ela continuou correndo o mais depressa que conseguiu, abraçando o *notebook* como se sua vida dependesse dele.

Preciso chegar até Chloe. Preciso chegar até Chloe. Por favor, só me deixe chegar à casa dela.

Ela estava quase chegando ao carro econômico e velho — que muito tempo antes apelidara de *Tartaruga Azul* porque, apesar de ser lento, continuava a andar — quando o corpo de James colidiu com o seu. Os dois caíram no chão, mas, infelizmente, o corpo dele a prendeu contra o concreto frio.

— Saia. De. Cima. De. Mim. — A voz dela foi um sibilar ofegante enquanto ela se esforçava para tirá-lo de cima dela.

— Há algum motivo para estar fugindo com o meu *notebook*, srta. Winters? — perguntou James ao passar o braço em volta do pescoço dela.

— Vou trabalhar de casa hoje à noite. — Era uma desculpa esfarrapada, mas foi a única coisa em que Ellie conseguiu pensar. Chloe sempre dissera que ela era uma péssima mentirosa. Não importava o que alegasse, ela duvidava de que James acreditaria, pois estivera fugindo *dele*. E a única coisa que ele pedira fora que encontrasse e imprimisse um documento.

— Você viu os vídeos — acusou ele em tom ameaçador. — Ia diretamente atrás de Chloe. Vadia abelhuda. Pedi que fizesse uma coisa no computador e você teve que ver coisas que não deveriam ser vistas por ninguém. Não agora. Você arruinará tudo. Ainda bem que voltei quando percebi que você não cuidaria da própria vida.

Você não deveria deixar coisas que não quer que sejam vistas em um computador que pode ser acessado por qualquer pessoa, seu imbecil.

Ellie era viciada em programas criminais e era óbvio que James era desleixado ou psicótico o suficiente para não pensar antes na possibilidade de que ela visse os vídeos. Sentindo o braço dele apertado em volta de seu pescoço, ela tinha quase certeza de que era a segunda opção.

— Por que está tentando ferir Chloe? — Ellie desistiu de fingir para tentar conseguir respostas. — Ela nunca faria algo parecido com você. Ela ama você. — O fato de Chloe ter até mesmo gostado de um monstro como James fez com que Ellie se sentisse enjoada. O imbecil não merecia nem estar no mesmo aposento que Chloe.

— É claro que ela me ama — resmungou James. — Nós vamos nos casar e ninguém vai me impedir. Finalmente conseguirei o que mereço.

Ellie desejou que ele recebesse o que *realmente* deveria: algemas e uma cela muito desconfortável pelo resto da vida. Era óbvio que James achava que tinha direito à parte de Chloe da fortuna da família Colter, uma riqueza quase inimaginável.

— Você merece estar na cadeia — disse Ellie com dificuldade por causa do pouco ar que conseguia inspirar.

— Cale a boca, caralho! Vamos nos levantar. Tenho uma arma e, se fizer um barulho sequer, vou matar você — advertiu ele em tom perigoso.

Não havia dúvidas na mente de Ellie de que James cumpriria a ameaça. Depois de ver como ele tratara Chloe, ela não tinha a menor dúvida de que ele era capaz de praticamente qualquer coisa.

Ele a forçou a se levantar e não demorou muito para que ela visse o brilho do aço na luz fraca do estacionamento vazio. Ele tinha mesmo uma arma e estava preparado para usá-la. Ela considerou gritar o mais alto possível, mas duvidava que isso fizesse alguma coisa além de silenciá-la para sempre. O escritório era um prédio solitário no fim de uma rua sem saída. Já anoitecera e estava frio. A possibilidade de alguém escutá-la era muito pequena. Ela decidiu que, se não queria acabar morta, precisava esperar até que conseguisse escapar.

O que aconteceu a seguir estragou seu plano.

— Eu disse a Chloe que você não valia nada. Você não tem valor para ela. Sua família é pobre, você é pobre. Só a contratei para calar a boca de Chloe! — exclamou James perigosamente, logo antes de dar um soco no rosto dela.

A dor explodiu na cabeça de Ellie quando ela recebeu o golpe. Estonteada por causa do soco brutal, ela não conseguiu resistir quando James a levou para o carro dele no outro lado do estacionamento.

Quando James a bateu contra o carro, ela finalmente falou, perguntando-se desesperadamente se ele a mataria, mesmo não tendo gritado. — James, você não quer fazer isto. E Chloe? E a sua carreira? Pare com isto agora e não direi nada. Deixe-me apenas ir para casa. — Ela começou a mentir para convencê-lo a deixá-la ir embora.

— Acha que sou idiota o suficiente para acreditar nisso? — perguntou James em uma voz que ficava cada vez mais estridente, uma voz louca que começava a deixar Ellie muito assustada.

Ele vai me matar.

Ellie reconheceu a perda da sanidade na voz dele.

Ele puxou o computador e a bolsa das mãos dela e jogou-os no banco de trás do carro. Em seguida, empurrou-a na direção do porta-malas. No minuto em que ouviu a trava abrir, Ellie começou a lutar pela própria vida.

Chegava de tentar argumentar com James.

Chegava de implorar para deixá-la ir embora.

Ela lutou com tudo o que tinha, tentando arranhar os olhos dele e chutando para tentar acertá-lo na virilha. No entanto, ele era mais forte que ela. Ela finalmente começou a gritar, sabendo que, se ele conseguisse colocá-la no porta-malas do carro, seria uma mulher morta.

— Cale a boca, caralho — rosnou ele ameaçadoramente, agarrando o rabo de cavalo loiro longo e puxando-o com tanta força que os olhos de Ellie se encheram de lágrimas.

Ela não parou de lutar, mesmo quando ele a levantou e tentou jogá-la para dentro do espaço confinado.

Dane-se, não vou facilitar as coisas para ele.

A bunda dela bateu na superfície dura do porta-malas, mas ela jogou os braços para fora, tentando impedi-lo de fechar a tampa, o que a confinaria em um caixão improvisado.

Ele nunca vai me deixar viver.

— Nããããão! Alguém me ajude! Por favor! — Ellie continuou a gritar, sem se importar mais com os avisos de James, mas ninguém apareceu para resgatá-la.

Um último soco violento na cabeça dela a silenciou, deixando seu mundo escuro.

Com Ellie inconsciente e incapaz de continuar lutando, James fechou o porta-malas e entrou no carro, partindo na noite com o corpo inerte dela confinado na escuridão.

Capítulo 1

O Presente...

— Onde diabos ela está? — murmurou Zane Colter furiosamente ao dirigir o SUV Bentley em mais uma estrada de terra íngreme que levaria para *mais uma* cabana nas montanhas desoladas.

Durante quantos dias ele estivera procurando? Um dia se transformara em outro, mas Zane estivera tão concentrado em sua missão que não se importara em fazer muito além de se manter hidratado.

Ele estava feliz por ter comprado o novo SUV apenas um mês antes. Estava nevando pesadamente naquela altitude e ele dirigira em velocidades muito ousadas nas estradas escorregadias das montanhas. Ele sabia que estava dirigindo depressa demais para as condições climáticas que ficavam cada vez piores. O problema era que ele *estava* ficando desesperado. Ele sabia em que área Ellie estava por causa das amostras de solo que tirara de um velho par de sapatos de James e dos sulcos dos pneus da caminhonete na garagem dele. Depois de encontrar um pedaço pequeno de uma flor rara na casa do imbecil, ele tivera a ideia de obter aquelas amostras de terra, uma intuição que dera certo depois de intensas análises, destacando as únicas áreas em que aquele tipo de flor crescia e o solo de que precisava para isso. A terra que ele coletara confirmara suas suspeitas. Ele duvidava de que James dirigisse aquela caminhonete mais velha em qualquer outro lugar que não nas montanhas. Os sapatos eram velhos e gastos, e um filho da puta superficial como James não os usaria, exceto em áreas lamacentas onde não seria visto. Depois de juntar a terra e a flor, Zane tinha uma ideia muito boa da área onde Ellie estaria escondida. Mas uma busca nas cabanas e nas propriedades nos arredores não mostrou nada que fosse de James. Portanto, Zane tinha que supor que era um lugar que não estivesse no nome real dele.

— Onde ele a escondeu, caralho? Puta que o pariu! — rosnou ele ao bater a mão no volante, sentindo-se frustrado e sabendo que estava ficando sem tempo. As chances eram de que recuperaria um cadáver, em vez de resgatar Ellie.

Nem. Pensar.

Ele afastou a possibilidade de que Ellie estivesse morta e continuou a dirigir em direção a uma cabana pequena, um pouco acima na estrada de terra quase inexistente que subia.

Limpando o suor da testa com a mão e passando os dedos pelos cabelos com irritação, ele dominou o carro agilmente ao deslizar no gelo e na neve com uma mão só até estar novamente subindo a estrada.

Logo vou ter que enfrentar a realidade. Verifiquei praticamente todas as cabanas e casas desta área sem sorte nenhuma, porra.

Zane não fazia ideia de quanto tempo fazia desde que dormira pela última vez. Ele estivera fazendo pesquisas sobre o solo que encontrara e depois trabalhara em marcar áreas para investigar. Ele estava exausto, mas um relógio continuava a avançar em sua cabeça. Se James *tivera* mantido Ellie viva, ela provavelmente não tinha mais água nem comida. James estava morto e ficara incapacitado antes de se suicidar. Ela ficara sozinha por tempo demais.

Não posso parar de procurar. Prometi a Chloe que não desistiria. Não vou parar até encontrá-la.

Ele balançou a cabeça de forma distraída, sabendo que era uma boa desculpa para estar procurando. Mas sua persistência feroz não era apenas porque Ellie era a melhor amiga de sua irmã. O instinto o cutucava sem parar.

Ele conhecia Ellie bem o suficiente para saber que, se pudesse escapar, ela teria escapado. Algumas pessoas alegavam que Ellie era quieta, mas ele vira como ela podia ser mandona quando eram crianças. Na adolescência, ela não mudara. Nunca tivera problemas em expressar suas opiniões. Não com ele.

Sinceramente, ele nunca se importara com o desejo extremo dela de organização. Na verdade, ele gostara disso, pois não era exatamente organizado em sua vida pessoal. Nunca fora. Em se tratando de seu trabalho como cientista, ele era meticuloso, mas todo o resto fora do laboratório era um caos. Ele sempre fora fascinado pela forma como Ellie conseguia lidar com tantas coisas ao mesmo tempo e de forma muito organizada. Ela sempre fora assim, mesmo na adolescência.

Zane podia admitir para si mesmo que gostara de Ellie na escola. Mas o fato de ela ser a melhor amiga de Chloe, sua irmãzinha, deixara Ellie completamente fora de questão para qualquer coisa além de amizade depois que ficaram adultos. Na época da escola, ela fora jovem demais, ligada demais à família dele. Sem falar no fato de que ele fora tão esquisito socialmente naquela época que nunca teria coragem de chamá-la para sair, mesmo que ela não fosse jovem demais. Mas ele também gostara dela como amiga e ainda tinha sentimentos por ela, apesar de tê-la encontrado muito pouco depois de terminar a escola. Ele partira para a faculdade e nunca voltara para Rocky Springs para morar lá o tempo inteiro.

Ele rosnou ao parar em frente à cabana que estivera procurando.

— Merda! Parece um local sazonal.

Apesar de a cabana estar em condições decentes, não era algo que um médico compraria. Era minúscula e parecia mais uma cabana de caça ou de pesca.

A neve estava contra a porta e parecia que ninguém estivera lá desde a primeira vez em que nevara. Os flocos brancos flutuavam e caíam em quantidades épicas quando ele saiu do carro, sem se preocupar em trancá-lo. Ora, ninguém iria até aquela cabana isolada no meio de uma nevasca.

Ele andou com dificuldade pela neve e chutou a camada branca acumulada na porta da frente. Ao virar a maçaneta para entrar, descobriu que estava trancada. Irritado e determinado a não deixar de olhar embaixo de uma pedra sequer, ele bateu com o ombro na porta até que a fechadura cedesse. Em seguida, ele a abriu.

— Ellie! — gritou ele, apesar de o lugar ser tão pequeno que provavelmente não havia a necessidade de gritar.

Ele andou pela cabana, que tinha uma área de estar em um lado e uma cozinha pequena no lado oposto. Ele inspecionou o banheiro minúsculo e parou subitamente ao chegar à porta do único quarto da cabana. Ele ficou tenso ao ver a figura praticamente irreconhecível algemada no canto, encolhida em posição fetal, completamente nua.

— Caralho! — O xingamento explodiu de sua boca quando ele entrou no quarto e abaixou-se ao lado da mulher, sem saber se ela estava viva ou morta.

Ele afastou os cabelos imundos do rosto dela. — Ellie? — chamou ele hesitante, colocando a mão em seu pescoço em busca de um sinal de vida. O sangue dele ferveu ao perceber todos os ferimentos e cortes no corpo, no rosto e nos membros dela.

Havia um penico perto dela, mas ela obviamente não tivera forças suficientes para usá-lo. Os braços e as pernas estavam presos com algemas pesadas, dando a ela uma mobilidade muito limitada. Havia um jarro de água vazio no canto e um saco plástico vazio.

Zane não recebeu resposta, mas seu coração acelerou quando ele percebeu um pulso fraco.

Ele correu para a cozinha, encontrou um copo e encheu-o com água, grato pelo fato de o lugar ter encanamento interno.

Ele não prestou atenção no fedor que exalava da mulher ao colocar os braços em volta dela, forçando-a a se sentar. — Ellie? Abra os olhos para mim. Você precisa de água, está desidratada.

Ela estava mais do que só desidratada. Estava à beira da inanição. Mas ele tinha que resolver um problema de cada vez. Ellie era uma mulher cheia de curvas. Agora, não tinha carne nenhuma sobre os ossos.

Ele colocou o copo nos lábios dela, virando-o lentamente. As pálpebras dela estremeceram, mas ela não abriu os olhos. Ele torceu muito para que ela ainda tivesse o reflexo de engolir. A última coisa de que precisava era que ela aspirasse a água.

— Engula, Ellie. Vamos! — Ele a observou enquanto derramava a água lentamente em sua boca, aliviado ao perceber que os músculos do pescoço dela se mexeram fracamente para engolir a água.

Ela precisava de comida, mas ele continuou tentando hidratá-la primeiro. Finalmente, ele foi para a cozinha procurar alguma coisa, qualquer coisa, que ela pudesse engolir. Antes de começar a vasculhar os armários, ele se lembrou de que tinha energéticos no SUV que a ajudariam a repor os eletrólitos que ela já não tinha.

— Fluidos são melhores — disse ele distraidamente para si mesmo ao voltar para a cabana com os suprimentos e ferramentas de que precisava. Em seguida, começou a missão de hidratar e nutrir Ellie.

Ele tinha que ir devagar, o que o deixou muito irritado. Ele queria dar a Ellie tudo que ela não tinha. Queria que a forma quase sem vida voltasse rapidamente à vida.

Ele queria Ellie de volta e, não importava o que fosse necessário, Zane a veria sorrindo e inteira novamente, nem que isso o matasse.

Não vou desistir. Nunca desisto.

Ele demorou um pouco para livrá-la das algemas de aço com as ferramentas que tinha no carro. E continuou a xingar violentamente enquanto a libertava.

Se James já não estivesse morto, Zane teria assassinado o filho da puta sem um pingo de remorso.

Depois de dar a Ellie tudo o que teve coragem de dar de uma vez só, ele a tirou do chão frio. *Jesus!* Ela estava tão leve que ele ficou muito assustado. Abaixando-se para passar, ele foi para o banheiro, torcendo para que a água quente funcionasse. Virando os registros do chuveiro, ele ficou aliviado quando a água morna começou a sair.

Colocando-a gentilmente no chão, ele rapidamente tirou a própria roupa. Em seguida, segurou-a novamente e levou-a para baixo do chuveiro com ele. A cabana tinha um pouco de calor, mas ainda assim estava gelada. Ellie não tinha carne alguma nos ossos para protegê-la ao ficar deitada em um chão frio. Ele precisava ir devagar e de forma gentil, aumentando o calor do corpo dela com cuidado.

Ele usou um frasco de sabão líquido que encontrara no banheiro, esfregando o corpo e os cabelos dela até que estivesse limpa novamente. Um gemido fraco escapou dos lábios dela, o que deu a ele ainda mais esperança de que ficaria bem. Ela estremeceu nos braços dele, outro bom sinal. O aquecimento lento do corpo dela começava a aumentar a temperatura interna.

Frustrado, Zane sabia que não teria como levá-la a um hospital por causa da nevasca que rugia no lado de fora das paredes da cabana. Se alguma coisa acontecesse no caminho de volta, ela nunca sobreviveria. Ele era médico. Sim, era dedicado à pesquisa, mas frequentara a escola de medicina. Como era academicamente bem dotado, ele terminara rapidamente os cursos e concentrara-se em biotecnologia. Mas ele sabia o que precisava fazer, quais eram as necessidades dela naquele momento. Infelizmente, ele tinha muito poucos recursos e equipamentos para ajudá-la da forma como precisava.

Ele desligou a água e secou os dois da melhor forma possível com as toalhas em farrapos que achou no banheiro. Em seguida, carregou Ellie para a única cama da cabana, a que lhe fora negada por causa de seu confinamento. Puxando a colcha, ele ficou aliviado ao ver que o lençol estava relativamente limpo. Ele a colocou sob o cobertor. Sentando-se ao seu lado, ele se sentiu tentado a pentear os longos cabelos dela com os dedos. Ellie tinha cabelos loiros lindos e ele começava a ver os cachos de novo agora que estavam limpos. Afastando os cabelos do rosto dela, ele estava praticamente pronto a ter um ataque de fúria ao perceber os machucados e os cortes em sua pele.

Ele a examinara atentamente enquanto a lavava e não vira ferimento algum que pudesse ameaçar a vida de Ellie, mas estava furioso pelo fato de James ter encostado nela.

Zane se levantou e começou a limpar a bagunça do canto, lavando o chão e jogando fora o penico e as algemas. Ao terminar, ele enrolou o corpo em um cobertor, calçou as botas e correu até o SUV para buscar a mochila com roupas que sempre deixava no bagageiro.

Ele vestiu as roupas sobressalentes que tinha, desejando ter mais para colocar em Ellie além das camisas de flanela que tinha na mochila.

Depois de vestir a camisa nela, ele lhe deu um pouco mais de líquido. Em seguida, vasculhou a cabana pequena, tentando achar alguma coisa útil. Ele encontrou a bolsa de Ellie em um dos armários, mas não viu sinal das roupas dela. Zane colocou suas roupas sujas na pia e lavou-as, pendurando-as no banheiro para secar. Ele não achava que precisaria delas porque pretendia descer a montanha com Ellie em breve. Era a energia inquieta que não o deixava ficar parado.

Ele encontrou alguns suprimentos básicos, na maioria enlatados, mas pelo menos era alguma coisa.

Como o sistema de aquecimento antiquado produzia muito pouco calor, ele colocou madeira dentro do velho forno que ficava contra a parede e acendeu o fogo, que logo estava forte. Ele fechou a porta de metal, feliz por aquela lata velha ainda funcionar. A cabana era tão pequena que o fogo ajudaria a manter o espaço limitado mais aquecido.

Como já vasculhara todos os armários, Zane andou de um lado para o outro, indo do banheiro à janelinha ao lado da porta, torcendo para que parasse de nevar.

Ellie precisa de muito mais do que posso fazer por ela agora. Ela precisa de fluidos e alimentação intravenosos, raios-x e exames.

Ele sabia que ela estava mal, mas não fazia ideia se o corpo dela tinha outros problemas que não era possível ver apenas olhando para ela e fazendo um exame superficial.

Infelizmente, a nevasca continuava a rugir. Ele se sentiu frustrado por não haver muito a fazer, exceto continuar dando a Ellie o que podia em intervalos que não enchessem demais o estômago encolhido.

Ele a ajudou a engolir alguns nutrientes.

Depois, andou de um lado para o outro.

Ajudou-a novamente.

Depois, andou de um lado para o outro.

Ele continuou conferindo o celular, mas estava em uma área sem sinal e não queria deixar Ellie sozinha para tentar encontrar uma área onde houvesse sinal. Provavelmente, não haveria nenhuma perto dali. Ele tinha quase certeza de que aquela montanha desolada inteira estava fora do alcance.

Quando começou a escurecer, ele ligou um gerador antigo que ofereceria um pouco de luz. Em seguida, colocou mais lenha no fogão, percebendo que a cabana já começava a ficar mais quente.

Ao se sentar na cama para erguer Ellie e fazê-la beber um pouco mais, ele ficou muito feliz de ver que ela engoliu mais prontamente.

— Vamos, Ellie, só mais um pouco — disse ele baixinho, tentando convencê-la a tomar mais alguns goles.

Ela obedeceu e ele colocou o copo sobre uma mesinha de cabeceira rústica.

— Zane? — A voz fraca era pouco mais de um sussurro.

Mas ele a ouviu.

Ele virou a cabeça rapidamente para Ellie, com o coração disparando ao perceber as pálpebras dela estremecerem e depois abrirem completamente.

Uma expressão de horror cruzou seu rosto por um momento até que ela focalizou nele. — Zane? — perguntou ela de novo em tom incerto. O sussurro foi cheio de medo e pânico.

— Sim. Sou eu, Ellie. É Zane. — Ele passou a mão gentilmente nos cabelos dela. — Você está segura. Não tenha medo. — *Jesus!* Ele odiou ver a expressão de terror no rosto dela.

— James — disse ela com voz rouca.

Ele colocou os dedos sobre os lábios dela. — Não tente falar. James está morto. Nunca mais vai poder machucar você. Você precisa descansar, Ellie. Estive tentando reidratar você. Está muito fraca e preciso levá-la ao hospital. O clima está uma merda. Só descanse até que eu possa tirar você daqui, ok?

Ela assentiu fracamente, como se tivesse entendido, e seus olhos se fecharam.

Zane começou a levantar da cama, mas Ellie disse em tom suave: — Não vá, Zane. Por favor. Acho que estou tendo alucinações, mas quero que elas durem.

Tirando as botas, ele virou o corpo e deitou ao lado dela. — Você não está sonhando e eu não sou uma ilusão. James está morto e nunca mais voltará. Não posso descer a montanha com você agora. Estamos no meio de uma nevasca. Mas vou levar você para um lugar seguro assim que possível.

Ele gentilmente passou os braços em volta dela. Em seguida, apoiou a cabeça dela em seu peito, passando a mão pelos seus cabelos agora secos.

— Acho que já estou segura — disse ela em tom hesitante, aconchegando-se a ele.

— Pode ter certeza disso. Não vou deixar que nada aconteça com você, Ellie. Prometo.

Ela suspirou de leve. Em seguida, sua respiração ficou regular e profunda. Zane percebeu que ela estava dormindo e não em um estado inconsciente.

O alívio o invadiu quando seu corpo relaxou. Ele colocou os dois braços protetoramente em volta de Ellie, embalando o corpo dela de forma gentil em um esforço de reconfortá-la. Mas talvez também fosse para reconfortar a si mesmo. Ele estava muito grato por tê-la encontrado com vida.

Finalmente, com Ellie aconchegada em segurança e aquecida contra ele, Zane adormeceu.

Fim da amostra. *Bilionário Destemido - Zane* em:
Amazon EUA: http://amzn.to/24dSWy7
Amazon Reino Unido: http://amzn.to/1SGhMSW

Acesse:

http://www.authorjsscott.com
http://www.facebook.com/authorjsscott
https://www.instagram.com/authorj.s.scott

Você pode falar comigo pelo e-mail
jsscott_author@hotmail.com

Ou pode enviar um tweet:
@AuthorJSScott

Assine meu boletim informativo e receba três contos nunca publicados.

Livros em Português de J. S. Scott

Série A Obsessão do Bilionário:

A Obsessão do Bilionário: A Coleção Completa (Simon)
O Coração do Bilionário (Sam)
A Salvação do Bilionário (Max)
O Jogo do Bilionário (Kade)
A Perdição do Bilionário (Travis)
Bilionário Desmascarado (Jason)
Bilionário Indomado (Tate)
Bilionário Sem Limites (Chloe)

Série Um romance dos Irmãos Walker:

Liberte-se! (Trace)
O Playboy! (Sebastian)

Série Os Sinclair:

Um bilionário raro (Dante)
O bilionário proibido (Jared)
O Toque do Bilionário (Evan)

www.ingramcontent.com/pod-product-compliance
Ingram Content Group UK Ltd.
Pitfield, Milton Keynes, MK11 3LW, UK
UKHW041826200726
13854UKWH00002BA/608

9 798692 979285